瀬尾関四郎ひぐらし帖

炮烙侍

周防　凛太郎

櫂歌書房

「えい！」

「やあー」

剣術道場の中から気合いの入ったかけ声が聞こえている。

道場の格子窓には町人や職人たちがむらがって場内を覗き込んでいる。

その時、パーンと陶器がたたかれて割れたような音が聞こえてきた。

「勝負あった。そなたの負けじゃ」

大きな声が響くと、道場の格子窓にとりついていた男たちが、いっせいに手をたたいた。

「やっぱり先生は強えや」

道場には割れた炮烙《ほうろく》が散乱している。

試合に負けた男は道場に座るとすぐさま面あてを取った。

二十を過ぎたと思われる青年が、額の汗を拭いながら勝った相手に向かって深く一礼した。道場主は瀬尾関四郎という。まもなく三十に近いが、まだ独り身である。

広い肩幅を持ち、眼つきは鋭いが、うりざね顔はおだやかだ。首筋が太く中肉中背の、いかにも剣の道に励んできたという風貌である。だが笑うと人なつっこい顔つきになる。

道場は福岡藩の支藩、直方五万石の城下町にある。関四郎が道場を開いて数年が経ったところである。

古町の米問屋元村善兵衛が所有する空き米蔵を借り受け、それを改装して、五、六人同時に稽古ができる広さの剣術道場が設けられている。

道場の玄関には、「上野《あがの》炮烙流瀬尾道場」という看板が掲げてある。

炮烙とは、素焼きの平たい土鍋のことである。物を煎ったり、あるいは蒸し焼きにするときに用いる鍋のことである。

これを流派に用いるとは、いささか人を喰ったようだが、道場で稽古をする門人も見物人もさして驚く様子はない。

道場の門をくぐると、すぐに上がり框《かまち》となるが、その前に墨で書かれた炮烙試合の心得が木板にしるされている。

当道場では双方、面あてをつけた後に、面の上に小さな座布団のようなあてを載せ、さらにその上に素焼きの炮烙を結わえつけて試合を行うこととする。木剣は用いず、互いに竹刀で対戦すること。胴や籠手《こて》の着用は自由とする。ただし打突《だつき》の場所は炮烙のみとする。道場主との教授料は一試合二百文、道場主の炮烙を先に砕き勝負に勝った者には、その証として一両（＝四千文）を進呈する。そういった趣旨の説明書きが眼をひいている。

江戸時代も中期となり、戦国時代の荒々しい気風はいつしか薄れている。いまさら真の武芸者をめざしたところで、疲弊した諸藩への仕官《しかん》の道は難しくなっている。いっぽう武家とは異なり、百姓や町人、職人のなかには、武芸に興味を持つものも少なくない。その中には豪農や豪商の息子などがいる。

そうした門人を集める手段として、瀬尾関四郎が考えた道場経営であった。

少しは腕に自信がある若者たちが、当道場を訪ねるようになって数年になる。

道場の裏庭に、試合で割られた炮烙が積み上げられているところから、経営手段としてはなかなかよい思いつきのようである。

直方に支藩が誕生して以来、藩士は戦《いくさ》の出陣がまったくなかったわけではない。

寛永十四（一六三七）年の秋から翌年の春にかけて、島原の乱という内乱が起きた。この内乱は、多年にわたる苛酷な重税とあわせキリシタン弾圧への反抗から起きた一揆《いっき》であった。

一揆に参加した農民とそれに呼応《こおう》した浪人たちなど、総勢、三万七千人が島原城にたてこもった。

この一揆鎮圧のために本藩の福岡藩とともに支藩の直方藩も出陣した。が、一揆勢の抵抗も激しく多くの戦死者を出した。幕府から総大将として指揮を執った板倉重昌も乱を鎮圧できず戦死している。

当時、若き直方藩主であった黒田高政は藩士九十一人、兵卒およそ二千人余りを率いて出陣した。島原に着陣した直方藩は寛永十五年二月二十一日、島原一揆軍から強烈な夜襲《やしゅう》を受けてしまった。その被害はきわめて甚大であった。

同藩には、今も当時の戦死者の詳細な記録が残されている。

その後、国内に一揆は幾たびも起きたが、おおむね平穏な世の中になっている。

玄関から道場にはいると師範代席に三方が二つ置かれている。一方には金一両が金色の光を放って懐紙の上に置かれている。またもう一方には一試合につき教授料二百文と書いた木札が載っている。

道場主と立ち合って頭にのせた炮烙を先に割った方を勝者として勝負するのである。

道場での稽古は、通常ならば面、胴、籠手や突きを入れて、それが芯に当たれば一本となるのだが、瀬尾道場では炮烙を打ち割れば勝者になるというのだ。

いささか勝手のちがう試合だが、炮烙を割られたら負けという至極わかりやすい取り決めである。他の道場で自他ともに腕の立つ若者が、多い時は日に数組が試合を申し込む。

面あての頭上に炮烙を結び付けて一礼すると、互いに青眼に構えて間合いを取る。瀬尾関四郎は相手の竹刀の切っ先を見つめたまま微動だにしない。

しびれを切らした対戦者が、

「えい」

と気合いもろとも一歩踏み込んだその刹那、パリーンと頭上の炮烙は素焼き独特の音をたてて打ち砕かれていた。

まさに電光石火の早業であった。

「そなたの打ち込みもなかなかのものだったが、儂の方がわずかに速かったな」

と対戦者をねぎらうのだ。すると数日後には、また挑戦におよぶといった具合で、一試合二百文の教授料も、塵が積もることわざのように生活の足しになった。

娯楽を兼ねた賭け試合だから、暇のできた町人たちは道場の格子窓から鈴なりになって覗き込んでいる。

頭上に結わえつけた炮烙が一撃によって割られる時には、小気味のよい音が道場内に響くのだ。

一試合が終わると門人たちが割れた破片を掃き取った後に、雑巾で床を拭く。その作業を観客は次の試合の前準備と受けとめてじっと待っている。

観客の中には、互いに賭をしている者もいる。

「あの一両小判をかっ去らっていく腕前の者はどこぞにおらんのか」

「そうやすやすと瀬尾先生が負けるはずがなかろう」

口々に格子窓の外で言い合う声が狭い道場内にも聞こえていた。

だが、瀬尾関四郎はそうした格子窓の外の雑音は意に介しない様子で、師範席に腰をかけると面あてに炮烙を乗せた格好で次の対戦者を待っていた。

「わたくしも立ち合ってよろしいでしょうか」

道場の玄関の方から顔を出したのは、うら若い娘であった。まだ二十前にも見える。髪を男性のようにたばねて後頭部でかたく結んでいる。

関四郎は意外な顔つきで挑戦者を見つめた。

ほっそりとした身体とむだな肉のない、やや目尻の上がった整った顔つきである。

関四郎に見つめられた娘の顔は一瞬朱に染まったが、緊張によってすぐに青白い顔色にもどった。

「道場玄関の木札をご覧になられたと思うが、この立ち会いに男女の区別はござらん」

娘は黙って頷いた。娘は男装していて、紺色の上着と小倉袴を着用している。

「では、一手ご指南いただけますか？」

「立ち合う前に、ひとつお訊ねしてよろしいか」

「よろしゅうございます」

「何ゆえ、炮烙試合に挑まれるのか理由を聞かせてくれぬか」

娘はしばらく黙っていたが、

「わけは申せませぬ。なにとぞ立ち会いをお許しください」

娘はいきなり両手をついて詫びた。

「そうか強いては問わん。ではご準備なされよ」

娘は素直に頭を下げると、門人に案内されて道場のかたすみに正座した。

面をつける仕草も落ち着いて、長い面紐も上手にさばきながら結んでいる。面あての上に小さな布団と炮烙を乗せて立ち上がると、門人から竹刀を受け取り関四郎に一礼した。

すでに教授料の二百文は三方に載せられている。

「では、まいろう。遠慮はいらぬ、どこからでも打ち込んでこられよ」

関四郎と娘は一礼のあと、十分な間合いを取った。

娘は腰の据わりのいい足運びだった。その動きを見ただけでも、かなりの修練をしていることが窺えた。

竹刀の先が微妙に動くものの、隙を見て飛び込む気配もない。関四郎の出方を注意深く見るつもりらしい。面がねの間から鋭い眼が関四郎を睨みつけている。

……なかなか、できる。手強い相手だ。

関四郎も娘相手だという安易な気分を引き締めた。

関四郎の炮烙を割る技は、後先の剣である。自分から積極的に打ち込んで炮烙を割るのではない。打ち込んでくる相手の僅かな隙を狙って間髪を入れず打突して相手の炮烙を割るのである。しかし若い娘はあせる様子はない。むしろ関四郎の打突を待ち受けているように思えた。

関四郎は静かな目線で娘を見返していた。長い立ち会いが続いた。それでも娘はいっこうに打ち込んでくる気配を見せない。

関四郎はつつっと間合いを詰めると籠手を打ち、娘が隙を見せたところで面を打とうとした。

その動きを察知していたかのように、娘は素早く後退して、また一定の間合いを取った。

試合を始めて四半刻（十五分）になろうとしていた。その間に娘は大きく肩で息をするようになり、次第に僅かずつ間合いが詰まった。

これ以上後退すれば道場の横壁に接するまでに間合いを詰められていた。

娘の右足の踵が壁に触れると同時に、娘は籠手を打って、まわりこみながら関四郎の間合いから逃れようとした。

その刹那、関四郎は素早く踏み込むと娘の面を打った。

炮烙が大きな音をたてて二つに割れ落ちた。いささかの迷いもなく、関四郎の竹刀は娘の正面を打突していた。

「参りました」

娘は激しく呼吸し、一礼するとあえぎながら面あてをはずした。顔面からたちまち落ちる汗が、長い時間の対峙を物語っていた。

「なかなか見事な立ち会いでござった。惜しくも炮烙を割られたのはそなただが、これほど粘り強く立ち合いをしたのも久しぶりでござった。さぞかし厳しい修業をされたものとお見受けいたす。差し支えなければ姓名を受けたまわりたいが…」

関四郎も面あてを外すと、笑顔でたずねた。

「ご指導誠に有り難うございました。わたくしは片平瑞穂と申します。まだまだ修業がいたらぬゆえ、先生には足元にも及ばぬことを立ち会いにて感じました。」

「いやいや謙遜することはござらん。しかし女の身で剣術をきわめようとなさるのは、何か深い事情でもあるのかと、つい思うてしまったのでな…」

瑞穂と名乗った娘は、関四郎の疑問にはこたえず、しばらく沈黙した。

試合を格子窓から見ていた者たちも、続いて立ち合いがないことを見届けると立ち去っていった。

「言いたくなければ無理に話さなくてもよろしい」

「すみませぬ」

瑞穂は青白い顔つきで道場の床板に両手をついて無礼を詫びた。

「先生、わたくしを入門させてください。どうしてももっと強くなりたいのです」

関四郎を正面から見つめると、瑞穂は真顔になり膝を乗り出して言った。

「さきほど立ち合って知ってのとおり、それがしの剣はあくまで炮烙割りの剣術でな、新影流や一刀流などという世間に名の通った流派ではござらん。道場の看板を見たであろう。人前に堂々と名乗れる流義でもござらん。それを承知のうえで入門したいというのは、何か深い理由があるのではないか」

関四郎は探るような目つきで瑞穂の顔を見つめた。

立ち会いに負けたことによる一時的な感傷で弟子入りをしたいという者はこれまで何人も見てきた。瑞穂の、弟子になりたいという心情を図りかねたのである。

「先生とはじめて炮烙割りという試合をして、強く心に残ったことがございます」

「いったい、どんなことだ?」

「ただひたすらに面打ちをするという技でございます。雑念が入った時や隙を誘って面打ちしても炮烙を割ることは難しいということが、本日の立ち会いにおいてはっきりわかりました」

「……」

「正面打ちは正中線を守って打たなければ面上の炮烙を打ち割ることはかないません。また面打ちで勝負を決めるという思い切った精神の強さがなければならぬことも知りました」

関四郎は瑞穂の話す言葉を聞きながら舌をまいていた。一度の立ち会いで炮烙流の奥義のような感覚を会得している娘の力量に驚いた。

「それがしの道場は見てのとおり、内弟子は一人もおらんのだ。通いでよいと言うのなら、いつからでも構わん」

「それでは是非とも入門をお許しください。一所懸命、剣の修業に励みます」

瑞穂は眼を輝かせて力強く言った。

片平瑞穂が炮烙道場に入門を願ったことは偽りではなかった。

翌日、朝六つ（午前八時）には、髪を結び、道衣に着替えて男装した瑞穂が道場の前の道を掃いたり狭い道場の床板に雑巾がけをしていた。

これには先輩格の外弟子である梶山左馬助や甚助、佐蔵などが驚いた。

左馬助は二百石取りの藩士の次男坊だ。甚助は豪農の次男坊、佐蔵は豪商の三男坊なのだ。どちらかと言えば勤勉さを持ちあわせていない。家督を継ぐわけではないので大らかな生き方をしている。

いきなり美貌の後輩が入門したのである。これまでさぼりがちであった稽古も、日参して励むようになった。

瑞穂も新弟子として神妙に兄弟子を立てているのが、日々の所作に現れていた。

狭い道場は一週間もすると、すっかり磨き上げられていた。

「この瀬尾道場も見違えるように、すっかり道場らしくなったな」

驚いた顔つきで関四郎が言った。

「これも片平瑞穂のお陰です。われら今までのていたらくを恥じ入るばかりです」

最古参の左馬助が頭を掻きながら言った。

瑞穂は少しでも早く炮烙流の奥義を極めたいと思っているはずだが、自分から願い上げることを遠慮しているように見えた。

三人の兄弟子たちにとっても、瑞穂が道場にいることで、修業に新たな意欲をもたらしていることが窺えた。

関四郎にとっても、よく気のつく瑞穂は有り難い存在となった。

門人と道場内で稽古で汗を流した後、甚助が家から持参した杵つき餅を食べる機会があった。

兄弟子たちが軽口をたたいても、微笑をたたえるだけで、いっこうに乗ってこないでいる。

関四郎はそんな瑞穂の様子を見て、何か深い事情を胸に抱いていることを感じた。

「瑞穂、そなたは、この直方にいつまで逗留するつもりなのか?」

「瀬尾先生の炮烙を割るまでこの直方を去るつもりはありませぬ。どうか炮烙割りの一撃を会得するまで修練をさせてください」

「真っ正面の一撃を会得したいと言うのだな」

「はい、その通りでございます。刹那に真っ正面から振りおろす太刀筋を会得しとうございます」

「なぜその技を会得したいのじゃ」

関四郎はうつむき加減の瑞穂の視線を捉えて訊ねた。

「今はまだ申し上げられませぬ。なにとぞ我が侭をお許しください」

瑞穂は唇を噛みしめると両手をついて師への非礼を詫びた。

「強いて言いたくないものを、無理に聞くこともないな。あいわかった」

「……」

「では明朝より、瑞穂に炮烙流の稽古をつけることにしよう。心して学ぶことだな」

「本当ですか。ありがとう存じます。真剣な精進を誓います」

瑞穂は理由を深く追及せず、稽古をつけてくれることになったことに安堵したのか、青白かった顔立ちにも赤身がさしていた。


翌朝、片平瑞穂は門人の誰よりも早く道場に来ていた。

きりりと後頭部で黒髪を結んでいる。藍染めの道衣も袴も清新な着こなしである。ほっそりした身体はむだな肉がない。緊張のためかいつもより目尻が上がっている。十分に手入れされた防具がきちんと板張りに置かれている。面紐の乱れもなくきちんと束ねられている。

「今朝はばかに早いではないか」

と言いながら関四郎は瑞穂を見つめて笑った。

「今日から炮烙流の稽古をつけていただくのですから、気合いを入れてまいりました。どうか手厳しくご指導を願い上げます」

「あいわかった、手加減はいたさぬぞ」

「心得ました」

瑞穂の眼の色が碧緑を帯びたように変わった。関四郎の一挙手、一投足の動きも見逃さず、身につけようとする真剣さが眼色を変えたに違いなかった。

「儂は炮烙流と名付けたが、その源流は肥後藩に長く伝わっている雲弘《うんこう》流だ」

「雲弘流とは、わたくしも始めて聞く流派です」

「そうであろう。地味な流義だ。この雲弘流を肥後に伝えたのは井鳥景雲《いとりけいうん》という武芸者だ。彼は永く細川家に仕えたのだ」

「井鳥とは、珍しい姓ですね」

「そうだな、藩では剣術指南だけでなく、諸職に勤仕しながら藩校の時習館で雲弘流を教えたのだ」

「どのくらい門人がおられたのでしょうか」

瑞穂は話が興味深いといった顔つきで関四郎の口元を見つめた。

「おおよそ門人は二百余人もいたらしい。ところが宝暦十二（一七六二）年に病を理由に突然に職を辞している」

「それはおいくつ頃だったのですか？」

「六十歳、ちょうど還暦じゃな」

「その後は、どうなされたのでしょうか？　たとえば旅に出るなど考えたのでしょうか」

「いや、それからはいっさい剣のことは口にすることはなかったようだ。二年後に自ら致仕して、西岸寺という寺で薙髪《ていはつ》して、今度は姓名を変えて道島調心《みちしまちょうしん》と名乗ったのだ」

「改姓と改名も世間とは随分と変わっているように思いますが…」

「その通りじゃ。調心という名も変わっておるが、雅号《がごう》も変わっておってな、影法子《かげぼうし》と号したそうだ」

「影法子とは、いったい…その意味を図りかねます」

「景雲は影法子と号した意味を自分の画像の賛に記しているのだ」

関四郎はふところから巻物一巻を取り出した。

「ひと口では覚えられぬのでな、以前に書き写したものを見せようと思って持参した」

「いったいどのような意味なのか、ぜひお聞かせください」

「汝《なんじ》を顧《かえり》みるに、形は人に似て、目に見ることなく、耳に聞くことなく、鼻に嗅ぐことなく、口に言うことなく、本より七情《しちじょう》の気もなく、唯だ茫然《ぼうぜん》として立ちぬ、そも汝が名は如何に、有りとすれば無し、無しとすれば有る、月だにうとき夜半の影法子とある。瑞穂この意味がわかるか？」

「禅僧の問答のようで、わたくしには難しくてわかりませぬ」

「それは当然じゃ、わしもよく理解できぬ。おそらくは景雲が理想とする境地を記したものであろう」

「して景雲先生のご生涯はいかがだったのでしょうか」

「薙髪したあとの景雲先生は、病と称して引きこもり、門人の慰問にも面会しなかったと伝えられている」

「何か頑なな一面をお持ちだったのでしょうか」

瑞穂は人間離れした雲弘流の創流者、景雲の生き方にさも驚いたという顔つきで関四郎を見つめた。

「驚くのはまだ早い、そのうえ葬式の費用をととのえ、棺をそなえて念仏三万遍を日課として死を待ったそうだ。妻女とも離別し、八十で没したそうじゃ」

「まさしく晩年の生き方は影法子のようだったのですね」

瑞穂は関四郎の話を聞き終わると意外だったという顔つきになっていた。

炮烙流の源流ともいうべき雲弘流の創流者の生きざまは、瑞穂が予想もしないものだった。

「一流を極めた人間は、その後の人生観も大きく変わるということだ。そこでだ、そなたには炮烙流を極めてもらうには心の修養が必要ということをまず言っておきたいのだ」

「心の修養ですか?」

「そうだ心の修養だ。薩摩藩には薩摩示現流という剣法があることをそなたも知っておろう」

「聞いたことはございますが、実際に立ち合いを見たことはございません。かなり烈しい剣法だと聞いたことがございます」

「わしは肥後で、この剣法を見たことがあるが、雲弘流とも相い通じる技だと思っている。打突の一撃にすべてを賭けることができなければ、一瞬に迷いが生じて、勝機を逸してしまうのだ」

「一瞬の迷いですか?」

「炮烙割りは、心に一瞬の迷いが生じると、その時点に勝機は消えうせて、敗れを喫することになる。つまりだ、真面打ちの機先は心の持ち方で決まるということだ」

「それを別の言い方で申せば、不動心ということでしょうか」

「剣聖と言われた宮本武蔵は、その神髄を現す言葉として戦気と揮毫《きごう》したものがあると聞いたことがある」

「戦気ですか、戦う時の勝気ということでしょうか？」

「この戦気という揮毫は『戦気寒流月を帯びて鏡の如し』、これは中国唐代の詩人白楽天《はくらくてん》の句として知られている。『戦気』とは、戦いの意気込み、心構えが含まれているという。武蔵は二天一流の戦気とは濁りのない澄んだ寒流にたとえられ、そこに月の姿を借りて敵の心身の変化する気をおのれの心の鏡に映すことが肝要だと解き明かしている」

「なかなか意味深い境地なのですね」

「雲弘流から薩摩示現流、さらには二天一流の奥義についてまで話したわけだが、炮烙を割る心構えは、いかなる場合でも間合いを識ることが最も大事なのだ。道場のように平坦な床であればおおよそ眼見当で間合いを図るにそれほどの難しさはない。しかし、千仞《せんじん》の谷を見下ろす足場で剣を交えるとなれば、間合いよりも崖下に落下するのではないかという恐怖心が間合いを忘却させるのだ。いついかなる場合も不動心を忘れずにいることだ。

どんな足場の悪い所で刃を交えることになっても不動心でおれる修業を積むということだ。言うは易い。だが会得することは容易ではない。わしも修業の途中に過ぎんのだ」

「間合いの大切さを肝に銘じました」

瑞穂は真剣な顔つきで、眸《ひとみ》を輝かせている。

関四郎はさらに言葉を続けた。

「炮烙流では戦気の熟するのを待つことも重要なのだ。つねにこれを忘れてはならぬ」

「戦気が熟すとは…」

「戦っていて、いまだ気の熟しておらぬ時は相手の炮烙を打ち割ろうと思ってはならんということだ。対戦する相手は炮烙を打ち割らねば一両の賞金を手にすることはできぬ。その心の理が働いておる。であるから勝ちを取るためには間合いを詰めざるを得ないのだ」

「……」

「こちらも唯、待っているだけでは戦気は熟さない。この微妙なとぎすまされた感覚と相手が間合を詰めて飛び込んでくる刹那に、すり上げて撃つ俊敏な技を会得する必要がある。しかも剣筋は強靭《じん》でなければならん」

「はい、心得ました」

「しかし、今言ったことは技を磨く話だ。心は雑念を払うこと、無念無想になるようにすることだな」

師の言葉を瑞穂は胸に刻み込むように無言で頷いた。

世にあまたの剣豪が生まれている。諸流には、諸流独特の流儀が伝承されている。瀬尾関四郎の炮烙流も元をたどれば、雲弘流という実戦的な恐るべき源流にさかのぼることを知った。

「わが炮烙流も唯遊戯の如く炮烙を割るだけの武術と捉えてはならんということだ」

「はい、よくわかりました。心して修練に励みまする」

緊張のためか、瑞穂の顔は青ざめて、師とあおぐ関四郎の眼を見つめた。

道場は古町の米問屋元村善兵衛の空いた米倉を借りて改造したのだが、道場の前は人通りも多く、炮烙試合がある日は、道場の格子窓から覗《のぞ》く町人たちが、試合を楽しみにしている。

瀬尾関四郎は、これまで内弟子は取らないが、羽振りのよい藩士や豪農や豪商の次男坊や三男坊で剣術の好きな者を外弟子にしてきた。

梶山佐馬助は藩無足組の次男坊、駒形屋の甚助、豪農の次男坊佐蔵などが、よく通って来ては稽古をしてきた。

新しく入門した片平瑞穂は、本人の話では新町の長屋に住んでいるとのことだった。母娘二人して諸国を旅して、しばらくこの藩領に住みつくことにしたと言った。

なにか深い事情があるに違いなかった。

そうでなければ、関四郎から訊《たず》ねられたことに即答できた筈である。

人はそれぞれの事情をになって生きている。

ふりかえって関四郎も同じように、事情を抱えながら、小さな町道場を開いているのだ。

瀬尾家は嫡男の喜三郎が支藩馬廻組にて五十石の家禄を得て家を嗣いでいる。関四郎は次男に生まれたが、兄とは異母兄弟だ。若い頃から剣の道に志して、二十になる前から九州、中国、四国の名だたる流派の門を叩き教えを受けた。

とくに、雲弘流に大きな影響を受けた。

この流派は虚飾《きょしょく》のない剣法で、地味なために見栄えのしない太刀筋だった。しかしいざ真剣で立ち合えば、この剣法ほど強いものはないと思われた。

雲弘流は九州は肥後、細川藩において用いられていた。

形稽古が重視され、表と裏、それぞれ六本の形と六葉剣《ろくようけん》という短刀遣《づか》いが六本ある。これらを二、三年ほど稽古すると、筋骨がたくましくなる。

面は鉄面の上に小布団をつける。

打太刀、仕太刀とも間合を取り、双方気合もろとも走り、右足を踏み込んで互いの面を撃つ、稽古はただこのくり返しである。

しかし面打ちが激烈なために、小布団や籠手の頑丈な作りが要求されるのである。

この雲弘流を肥後藩に伝えたのは井鳥景雲という剣士で、長く細川家に仕えていたが、ある時、一念発起して六十歳で致仕すると、以後、剣の世界から離れて、西岸寺という寺で薙髪して道島調心と改名している。

晩年は影法師のような生涯だったと伝えられている。

関四郎は肥後に武者修業中、雲弘流を会得したというある高弟からこの流儀を学んだのだった。

支藩に帰ると兄喜三郎が嫁律久をもらっていた。家に長々と居候する訳にもいかなかった。隠居した父甚之助より、財産分けともとれる金をもらい、それを元手にして町道場を開いたのである。

炮烙道場には母屋がない。工事費を切りつめて米倉を改造したので余分なものには手が回らなかった。

そのかわり古町の長屋で一人住まいのできる四畳半のひと部屋を借りている。

大家は吉左衛門という六十年配の恰幅のよい赤ら顔の男で、気さくな性質の後妻の若女房と二人暮しである。

瀬尾関四郎の借家は、長屋の一番奥まった所にある。したがって外出や帰宅の時には、長屋中のおかみさんへの挨拶が欠かせない。

独り身で、もとの家業は武家だということで、長屋では一目おかれている。

長屋に住むのは各々の職人や大工の手間取り、船で荷物を運ぶ人夫、護岸工事などの日雇いなどだった。

川筋気質で喧嘩早く口は荒っぽいが、けっこう気のいい男たちで、女房たちは親切だった。

道場から帰ると台所で米を炊いた。

その時を見計らって、長屋の女房たちが野菜の煮つけや、漬物などをさし入れに来た。

「いつも、かたじけないな。遠慮なくご馳走になる。」

関四郎には、長屋のこうした結びつきが、自分の性分に合っているのか居心地がよかった。

夜がふける頃になるまでは、子供を叱る声、喧嘩や口論をする声、赤子が泣く声、酒を飲んでくだをまく亭主の声が聞こえてくるのだが、かえってそれが独り者のさびしさを忘れさせていた。

女房たちの井戸端でのおしゃべりに、いつも自分が話題になっていることも人づたいに聞き知っている。

……この長屋にいるかぎり気にせぬことだ。

と関四郎は思っている。

馬車に素焼きの炮烙を梱包した荷を積んで、瀬尾関四郎を訪ねて来る男がいた。

留吉という陶工《とうこう》だった。豊前小倉藩領の上野《あがの》には陶器を焼く窯元が幾軒もあり、上野焼といえば全国にも名が知れていた。

関四郎が留吉の窯で焼いた炮烙を注文するようになって数年が経つ。

留吉は陶工でありながら、剣術に興味を持ち素人剣法で腕を磨いていた。

直方の店に注文の品を届けた時に、炮烙道場の事を聞き知って道場を訪ねたのがきっかけだった。

何よりも炮烙を防具面の上に載せて、相手の炮烙をたたき割るという奇抜な試合を見て、自分の力を試したくなった。

そして二百文の銭を出して関四郎と立ち合ったのである。

だが、ものの見事に頭上の炮烙をたたき割られてしまった。

「先生、あっしは陶工の留吉と申します。先生が試合に用いる炮烙を作るのは、お手のものでござんす。いかがでしょうか、あっしに剣術を教えてくださるなら、炮烙をどこよりも安値で作ってさし上げますが……」

関四郎に異存はないうまい話だった。

すぐに商談はまとまった。

注文を受けた荷を積んで来ると、数日間は直方城下の木賃宿に泊って、関四郎からじきじきに稽古をつけてもらっていた。

今では、面あての上にすわりのよい形の炮烙を造ってくれている。

瀬尾関四郎はひさびさに道場を休んで、藩内を流れる遠賀川に釣り糸を垂れていた。禄高五万石の直方藩には城郭はあるが天守閣はない。この川はいわば支藩防衛の外濠にあたるために、筑前街道から城下に入るには渡し舟を利用しなければならず、下境道から境口までの川幅五十間は渡し舟でなければ渡れない深さと川幅を保っている。

修験霊場のある英彦山の源流から流れ下った清流は、飯塚宿から直方領内を経て、中間、木尾瀬宿、折尾を経由して玄界灘に注いでいる。

境口の渡し場の近くに樹齢百年とも思われる銀杏の大樹が土堤の上に枝を繁らせている。そのすぐ下の河原までの六十間を芦草をかきわけてようやく清流のひたひた流れる岸辺が現われる。そこは少し水の流れがゆるやかになり、淀みをなしている。

関四郎は陽の光をさえぎるために、編み笠をかぶっていた。初秋になっても日射しのおとろえない暑さに少々汗をかいていていた。

時刻はすでに正午を過ぎていた。釣の腕前が未熟なのか小鮒の一匹も釣れていなかった。

ふと眼を対岸に移した。人の叫ぶような声が広い川幅を隔てて、向こう側から聞こえてきたからである。

対岸の河原は白い砂地が広がっていて、数人の者が互いに刀を抜いて闘っているのが見えた。

遠賀川は五十間の川幅があるのですぐに対岸に近づくこともできない。一人の武士が数人の武士に囲まれながら、必死に右や左に逃げまどっていた。

しかし力尽きてついにその武士は斬り伏せられたようだった。くずれるように倒れると起き上らなかった。

何人かの武士が川を隔てた対岸に関四郎がいることを知って、じっと凝視しているように見えた。だが別段驚いた様子もなくゆっくりとした足どりで武士たちは堤防を上がるといずこかへ姿を消した。

……このまま見過すか。

一瞬、頭をよぎった。が、斬られた武士のことが気になった。急いで竿をたたみ、渡し場に行くと渡し舟に乗った。昼どきに相い客は誰もいなかった。

対岸の下境口に舟が着くと、関四郎は駆け足で武士たちが争っていたあたりの河原にむかった。

斬られて血だらけになった武士はとどめを刺されて絶命していた。年の頃三十過ぎか。旅仕度をしているところから、いずこかに旅立つところで命を狙われたものと思われる。

桔梗の紋をつけた羽織から探れば、身元がわかるに違いない。満身創痍というくらいに傷を負っていた。血だらけの顔を見たが、関四郎の知らない武士だった。

明らかに武士であるが、直方藩の武士とは限らない。ひとまず町奉行にまかせれば、後の始末は奉行所がするはずである。

駆けつけて来た町奉行所の与力坂田満之助は、関四郎から事件の概況を聞いた。すぐさま、殺害された武士を詳細に検死していた。

「この旅仕度から、衣服も新しく垢でよごれたところもない。草鞋《わらじ》もまだ新しい。おそらく、当藩の武士に相違あるまい。紋どころからら探れば身元がわかるだろう」

若い与力にしては眼のつけどころを心得ているように思われた。

武士の懐《ふところ》を探ったが、関所手形がなく、持ち去られていることがわかった。これでは調べは手間どるに違いない。

「それがしも同じ考えでござる。」

相槌を打つ関四郎を見つめて、

「貴殿は、炮烙流道場の瀬尾先生ではござらんか?」

「いかにも、それがしは瀬尾関四郎と申す者でござる。今日、久しぶりに道場を休んで気晴しに魚釣りに来たのだが…」

「まっ先に事件を知らせていただき、かたじけない。しかし貴殿も思うておるとおり、直方藩にかかわる事件やも知れませぬ。町奉行に報告すれば、しかるべく当藩の大目付にも報告となろう」

「……」

「さすれば瀬尾先生は事件の概要をつぶさに見ておった目撃者として訊ねられることになり申すが、ご異存はござらんか」

「とんだことではあるが、それがしが届け出た以上は事情を聞かれれば、ありのまま話すまででござる」

町奉行を経由して、直方藩大目附藤沢右衛門に事件の概要が報告された。

翌々日には思いがけない客が道場を訪れた。藩大目附の藤沢右衛門が、直々に聞きたいことがあるとのことで、家士吉田彦之進がご一緒したいと帯同を申し出た。

藩士の身分のない関四郎が藩の大目附に呼び出されるとは余程の事情があるものと思われた。

藩の御役屋敷の奥まったところに、大目附藤沢右衛門の屋敷があった。大きな門構えの門をくぐると、広い庭には鬱蒼《うっそう》とした庭樹が茂りよく手入れされている。玄関から長廊下を通り、奥の座敷に通された。

障子は開け放たれて、みがかれた廊下に続く庭は枯れ山水を思わせる。派手さはないが重厚な屋敷構えが、大目附の役宅の貫録をかもし出している。

女中が茶と茶菓子を持って現われた。

これだけでも、客人をもてなす家主の気持ちがくみとれた。

「やあ、ご足労かけたな。わたしが大目附の藤沢右衛門である。」

「はっ、それがし古町にて剣術道場を営んでおります瀬尾関四郎と申します」

「よく存じておる。炮烙割り道場じゃったな。わたしも一度、のぞいて見たいと思うておった。今日は、遠賀川畔での一件でそなたに直々に訊ねたいことがあってな」

「何なりとお訊ねください」

大目附藤沢右衛門は年は五十を過ぎていて、中肉中背、眼光は鋭く人の心を射抜くような光をたたえているが、物腰はきわめて柔かい。

茶を啜りながら、眼は関四郎の人となりをじっくりと観察している。

「そなたは遠賀川畔での事件の概要について、どの程度知っておるのか、まずそこから訊ねたいのじゃ」

「たまたま川釣りの最中、対岸から人が争うような叫び声が聞こえてまいりました。対岸を見ると四、五人の武士が剣を抜いて闘っているのが眼に止りました。

よく見ると一人の武士を四人の武士が取り囲んでいることがわかりました。加勢しようにも川幅五十間の川を容易に渡ることはできませぬ。いつしか一人の武士は斬られて倒されてしまいました。止《とど》めを刺されたのか、二度と立ち上ることはありませんでした」

「四人の武士の顔つきや、特徴など、何か気づいたことはないか」

「とくに気づいたことはありませんが、殺された武士もよく戦って必死に抵抗しておりましたので、四人の中には手傷を負わせられた者もいるかとも思われます」

「そなたが、対岸から見ていたことは、気づかれたのか？」

「四人はそれがしの姿をじっと見ておりましたが、さして驚く風もなく落ち着いた足どりで土堤を上って立ち去りました」

「すると、そなたが、殺害現場の目撃者ということになるわけだ」

藤沢右衛門は両腕を組むと眼をつぶった。

「ひとつお訊ねしてよろしいでしょうか」

関四郎の一番知りたいことだった。

「殺された武士は、当藩の侍でございますか」

「人に喋ってもらっては困るが…」

「金打ちしても、よろしゅうございます。他言は申しませぬ」

だが、即答せずしばらく藤沢右衛門は沈黙した。

「殺されたのは当藩書院番の荒木雄之進と申す者だ。誰にも他言してはならんぞ」

書院番といえば、幕府の格付けで言えば、将軍の馬廻衆として高い格式を持ち、小姓組と両番とされる地位である。

各藩においても同様の役職があることは聞いていた。だが直方藩の書院番だという。何か重要な使命を帯びて旅立つ寸前に、暗殺されたということだ。

それも白昼に堂々と数人がかりで殺害に及んだことは、荒木雄之進が重大な使命を帯びていたとも推察される。

「そなたは直接藩政に係らぬゆえ、それほど心配することはないと思うが、何しろそなたの兄は当藩藩士じゃからな。以後、身辺、くれぐれも用心することじゃな」

関四郎は藤沢右衛門の忠言を聞いて藩政の動向次第では、身に危険が及びかねないと感じはじめた。

大目附藤沢右衛門の屋敷を辞去したのは、夕暮れま近な六つ（午後六時頃）だった。

御役屋敷の片隅で編笠をかぶった一人の武士とすれ違った。その武士は数歩手前で立ち止って関四郎を無遠慮に眺めたが、軽く会釈して、喋ることはなかった。

事件が藩内で起きれば、大目附の屋敷に出入りする人物は、噂の種となる。人が注目するわけだ。この時刻に一番奥まった大目附屋敷の門から出て来るところを見ていたのかも知れぬ。

——用心せねばならんな。

関四郎は当藩書院番の白昼暗殺の目撃者となった。

これからどのような事態が藩で起きようとも、藩士ではない関四郎にはかかわりのないことである。

このまま長屋にもどって飯を炊いて食うのも、難儀だという気持ちがわいた。

いつしか古町のなじみの居酒屋「鶏平《とりへい》」の暖簾をくぐった。

「旦那、おひさしぶりで…」

亭主吉蔵が、あいそ笑いを浮かべて関四郎を迎えた。

すでに仕事を終えた職人らしき男たちが、店の奥にいた。樽に腰をかけて飲んでいる。

焼鳥を焼く炉端のけむりが店の中にたち込めている。吉蔵は炉にぱたぱたと団扇《うちわ》で風を送る。炭火の上には十数本の串がならんで色よく焼けている。

吉蔵はその数本を要領よく取りあげて皿に盛ると、関四郎の席に持ってきた。次いですぐに冷や酒をなみなみ一合枡に酌むと台の上に置いた。気晴らしには酒が一番である。

冷や酒が胃の腑にしみた。

奥から満面の笑みで女房のおたきが顔を出した。後妻なので吉蔵よりも、ひと回りも若い。

「あら、瀬尾先生、おひさしぶりです」

「お内儀は、いつまでも若いな、この前来た時と少しも変っておらぬ」

「そうですか、お世辞でも嬉しい。さすが剣術の先生だけのことはありますね。ほめ上手だこと」

おたきはうれしそうに関四郎に片眼をつぶってみせた。

吉蔵がさも嬉しそうな顔つきで炉端から顔を近づけた。

「ところで旦那、下境口の河原で斬り合いがあって、侍が一人斬り殺されたことをご存知ですか」

「吉蔵、どうして、それを知っているのだ」

「真っ昼間の殺しあいですよ。城下で噂が広まっていますが、旦那もてっきり知っているると思ってました」

殺人がま昼間に行なわれたのだから、噂が広まるのは至極当然なことだ。だとすると、いずれは、町奉行所に届けたのが自分だということが人々に知れわたるにちがいない。

「わしもさっき知ったところだ」

と関四郎はさわりなく言った。

「どうも殺されたのは藩の若いお侍さまだったようですね。もしかするとお家騒動のようなことになるかも知れぬと町のみんなが心配していますよ」

吉蔵は焼鳥の焼ける煙がけむいのか、それとも本当に藩のことを心配しているのか顔をしかめて、団扇をせわしなくはたいた。

関四郎は焼き魚で飯を食うと、早々に居酒屋鶏平を後にした。長居すると、どこから噂が広がるかもわからぬ。

おそらく殺された侍のことについて藩から詳しい理由や身元を知らせてくれることはあるまい。

しかし、自分自身の命を護るためには、できるかぎり相手のことを調べておく必要がありそうである。

長屋に帰ると、右隣りの伊助の女房おきみが戸をたたいた。

「先生、留守中に、お客さまでしたよ」

「誰だ、客というのは」

「若いきれいな奥方でしたよ」

「若い奥方、武家の？」

「え～、思いつめたような、真剣な顔つきでした。先生は知らないのですか？」

「知らん、知らん、武家の奥方など、とんと存ぜぬ」

もしかすると、兄嫁の律久かと思ったが、家僕もつれずに我が家に独りで訪ねて来るはずはない。おきみの話す、顔だちや背丈も兄嫁と違っている。

「しばらく戸口に立って待っていましたが、名も告げず帰られました。何かさびしそうな感じでした」

「また来るといっておったか？」

「それは聞きませんでした」

「知らせてくれてかたじけない」

おきみが伝えてくれた女人のことが一時は気になったが、酒の酔いも手伝って布団をひっかぶると早い眠りについた。


翌朝まで熟睡した関四郎は明け五つ半（午前九時）に井戸端で顔を洗っていた。

昨日、訪ねて来た武家の奥方のことが、ちらと頭をよぎった。

伊助の女房おきみが井戸端まで来たからだ。

「先生、まだ昨日のお客のことは思い出せないのですか？」

不審な顔つきで関四郎の顔をのぞきこんだ。

「とんと思いあたる節がない。わしが道場に行っとる間、もし尋ねて来たら、どこの誰かくらいは聞いといてくれぬか」

「わかりました。今度はしっかり聞いておきますね」

おきみは関四郎から頼まれたことに気をよくして右手で軽く胸をたたくと笑顔でうなずいた。

伊助は日雇いの大工職人だが、おきみは口が達者である。夫婦喧嘩の声も大きい。今は頼れる者は誰でも良い。大目附から言われたように、次第に身の回りでなにか変化が起きているように思うのだ。

この様な時は、やはり実家に行ってみる価値がありそうだ。禄高五十石と言っても藩士として勤めている兄の存在は大きい。

兄を訪ねる前に一度、道場に顔を出した。

瑞穂の手で道場の内外は美しく掃き清められている。片平瑞穂はすでに道衣に着換えて、関四郎の稽古を期待している顔つきだった。

外見はやせて見えるが、日々の修練で体つきがひきしまっていることは明らかである。

「瑞穂、今日はちと兄上に尋ねたいことがあってな、実家に行ってくる。昨日、我が家を武家の奥方が訪ねて来たのだが、あいにく会えなかった。もしかすると道場に来るかも知れぬ。そなたが応待して、しかと相手の身元を聞いておいてくれぬか」

「承知いたしました。おまかせください」

瑞穂は関四郎が実家を訪ねる理由も聞かず笑顔で言った。

手ぶらで行くことも考えたが、道場を開いて以来の帰宅である。古町の菓子屋に立ち寄って饅頭の折りを買って手土産とした。

兄嫁の律久は甘いものが好物だと聞いたことを思い出したからである。

支藩五万石の中で家禄五十石は中堅の武士に位置する。父甚之助も勤めに励んだことから馬廻組に抜擢され、兄喜三郎もその家督を嗣いでいる。馬廻組の武家屋敷は藩主館のまわりに割り当てられている。

久々に訪ねた屋敷は、思いの外、手入れされていた。家僕の喜助が庭木の剪定をしているに違いなかった。

幸いに兄喜三郎は非番日で家にいた。

謹直な性格で、武道とはほど遠い読書家だ。

まず嫁の律久に挨拶して菓子折を手渡すと、客間として使われる書院をかねた座敷に案内された。

座敷の障子は明け放たれ、昔遊んだ庭の小坪が小さく見えてなつかしく感じられた。

座敷に通されると、ほどなくして喜三郎がまじめな顔つきで書斎から現われた。弟、関四郎の久しぶりの訪問に驚いた様子だ。

「兄上、ごぶさた致しております」

「そなたも息災《そくさい》で何よりだ。そなたがこの家を訪ねるのは、家を出てから初めてではないか。何か相談ごとでもできたのか」

喜三郎は少し眉根を寄せて顔をしかめると関四郎を見つめた。

関四郎はどう話を切り出そうかと思った矢先、兄嫁の律久が茶と関四郎が手土産で持参した菓子を持って入ってきた。

喜三郎と関四郎は湯呑茶碗を取ると黙って飲んだ。

律久は、その場の雰囲気をさとったのか、黙ってすぐに座敷を去り、ふすまを閉めた。

「兄上、先般の遠賀川畔における白昼の暗殺事件については、すでにご承知と存じます」

「ふむ、知っておる。それがそなたと何か関わりがあるのか？」

「それがし、その事件の一部始終を対岸から見ておりましたので、町奉行に届出ました。その時は斬られた武士が当藩の者とは予想できませんでしたが、昨日、藩大目附藤沢右衛門さまから直々の呼び出しがあり、屋敷に参上いたしました」

「大目附の藤沢さまは何と申された？」

「口止めされておりますれば、たとえ兄上とてもお話はできませぬ。ただ当藩にかかわる事件であることは間違いございませぬ」

喜三郎は眉根にしわをよせ眼をしばつかせて、唇をかんだ。

このような顔つきは、兄が困惑したときによくする仕草である。

「それで、おまえは、わしに何か訊ねたいことがあって参ったのではないか」

「藩内で何かが起きているに相違ないと睨んでおりますが、何せ、それがし藩士ではございませぬ。馬廻組は大殿を護る重要な役職、何か事情がわかれば、教えて頂きたく存じます。大目附藤沢さまから身辺を用心するようにも言われました。大目附屋敷を出てから、何となく殺気を感じております」

喜三郎はしばらく沈黙して腕組みをすると眼をとじた。何も事情も知らず、無防備で攻撃を受けて斬られては、瀬尾家にも少なからず影響が生じることも考えられる。

「今から申すことは、一切他言をしてはならんぞ、よいな」

決心がついたように兄の喜三郎はゆっくりと眼を見開くと、関四郎にもっと近くに寄れと言った。

「いま当藩は廃藩の危機にあるのだ」

「藩がなくなるということですか？」

「そうだ、直方藩五万石も崖っ縁にある。その意味がわかるか？」

「お世嗣ぎのことですか？」

喜三郎は黙って大きく頷いた。

「そなたの命にもかかわることゆえ、あえて藩の内情を話して聞かせよう」

喜三郎は茶をすすると、ゆっくり噛みしめる口調で話し始めた。

「直方藩の遺領は、藩祖、黒田長政公のご遺言により、福岡藩五十二万石は嫡子忠之公が継がれた。

次男の長興公は秋月五万石、四男の高政公には東蓮寺四万石を分割して支藩が成立したのだ。長政公のご遺言では、筑豊の鷹取古城のあたりをおさめよというものだったそうだ。しかし黒田藩重臣の母里太兵衛どのがその地を拝領していたのだ。

そこで黒田藩の三家老によって、遠賀、鞍手、嘉麻の三郡からなる東蓮寺の地が選ばれたのだ」

「東蓮寺という藩名が直方という名に変ったのは、何か事情があったのですか」

「そのとおりじゃ。高政公が藩主を襲封《しゅうほう》したのが十二才であったため、実際に領地に赴いたのは十年以上も経ってからだ」

「高政公はどんな殿さまだったのですか」

「血気さかん、なかなか勇猛な武将だったようだな。長崎島原の原城の攻防戦では陣頭指揮をとられた方だ。しかし、わずか二十八才の若さで死去なされたのだ」

「藩主としてあまりにも若い死去では、藩も困ったのではありませんか」

「高政公は幕府の老中にも、その死を惜しむ声があり、藩は取りつぶされず、黒田忠之公の次男之勝公が襲封されたのじゃ。だが之勝公も三十才の若さで早死にされたのだ」

「当時は藩内に何かいまわしいものが取りついているような感じがしたのでしょうな」

「東蓮寺藩という寺名を名乗っておるために、世継ぎがいないのではと、まことしやかに皆が噂するようになったと聞いている。そこで藩内の小村に使われていた直方の地名が選ばれたということだ。中国古典の「易経《えききょう》」を引用して藩儒《はんじゅ》原元端どのの進言により改名したそうだ」

「現在のところ、四代藩主長清公が藩政をとりしきっておられるではありませんか」

長清公は福岡三代藩主光之公の五男である。

直方藩三代の長廣公が去った後、十二年間は藩主不在が続いた後の襲封である。長清公の襲封の際には広大な武家屋敷をはじめ勘定所、長屋、馬場、寺院などが次々に造営されたのである。

「そなたも知ってのとおり、長清さまの嫡男継高さまがすでに本藩を継いでおられる。それより先に長清さまはすでに宣政の名代として長崎勤番を勤められたほか本藩の治政にも深くかかわり、家中諸士の上げ米の廃止や俸禄を増額して、田畑の租税の減免など、善政を行なってこられた。

今は江戸屋敷に住まわれているが、最近、病を得ておられるという噂が広まっておるのだ」

「すると長清さまが致仕となれば、世嗣ぎがいない当藩は廃藩の道をたどらねばならぬことになりませぬか」

「それを阻止するために、いずこからか養子を迎え入れる方策も真剣に考えられているという噂だ」

「すると斬殺された御書院番の武士はその密命を帯びて、藩を出立するところを暗殺されたということも考えられますな」

「御家老と中老職が派閥をなしていることは、すでに周知のことではないか」

「暗殺された書院番がどちらの派閥に属していたか、今はつかめないが、長清さまが政りごとができなくなるまでに、動き始めるに違いない。くれぐれも用心することだな」

兄の喜三郎は関四郎に釘をさした。

長屋の入口に帰りつくと一番奥のわが家の前に頭布をしてたたずむ女性の姿をみとめた。

大工職人の妻おきみが家から飛び出して来て、先日話したのはあの女性ですよとあごでしゃくると眼で合図した。

玄関前に来るとその女性は関四郎に気付いて急いで頭を下げた。

頭布から見える女性の顔だちは色白で眼鼻だちが整い、ほっそりとした身体だが、武家の妻としての落着きと貫禄をそなえていた。

立ち話はできぬ、長屋中の女房たちが、好奇の眼で見るにちがいない。

関四郎はいそいで部屋の中に駆け上ると、敷いたままの布団をまるめると押し入れに蹴り込んだ。

そして女性を部屋に招き入れた。

「いきなりお伺い致し、驚かせて申し訳ございませぬ。申し遅れました。わたくし当藩の書院番、荒木雄之進の妻弥江と申します」

紫の頭布を取ると憔悴した青白い顔つきで深く頭をさげた。

まだ三十前だろう。色白で瞳の大きな顔だちが整っている。弥江と名乗った女は胸もとに懐剣をたずさえ背すじを立てた姿勢で関四郎を見つめた。

「荒木どののご妻女と申されたが……」

「そうです、旅立ちの当日、遠賀川堤で白昼に暗殺された荒木雄之進の妻でございます」

「なぜ、それがしを訪ねて来られたのか、まず、その訳をお聞かせくだされ」

暗殺された荒木雄之進の妻が、いきなり訪ねて来た経緯をまっ先に聞かねばならぬと関四郎は思った。

「大目附、藤沢右衛門さまに願い出て、斬り合いを見たという瀬尾さまのことを教えていただきました。直接お会いして、どうしてもお聞き致したきことがございました」

大目附も妻女に泣きつかれて情にほだされ、つい喋ったのだろうと推測したが、それほど腹も立たなかった。いずれ人伝えに知れわたるに違いない。

「何なりと訊ねるがよい。ただ、それがしは遠賀川の川幅五十間をへだてた向う岸での斬り合いを見ておったまでじゃ、相手が武士であることはまちがいないが、顔だちまでよく覚えてはおらんのだ」

弥江は涙が頬をつたうのも拭おうとせず関四郎の話を黙って聞いていた。

「主人が闘った相手はたしか四人だと申されましたが、まちがいございませぬか?」

「それがしが、この眼で見たのは四人でござった。その外に暗殺に加わらず、別に隠れて暗殺の始終を見定めておった者がいたかも知れぬ。だが斬り合ったのは四人でござった」

「主人は一人で四人を相手に戦ったのですね」

「そうじゃ、よく戦っておった。荒木どのも十数か所も手傷を負っていたが、四人にも少なからず手傷を負わせたに違いない」

「それは、まことでございますか？」

「あれだけの激しい斬り合いだ。無傷でおったとはとうてい考えられぬ」

「他に何か気づいたことはございませぬか？」

「そういえば、四人の中の一人は引き揚げる時に足を引きずるような仕草に見えたが、それもわずかの間に見たことでな、堤を上って見えなくなったのだ」

「その手がかりを得ただけでもありがたいことでございます」

荒木雄之進の妻弥江には、気丈にも夫を暗殺した黒幕をつきとめようとする決意がありありと見えた。

荒木家は五才になる嫡男小太郎がいるといった。成人するまでは藩の捨て扶持の世話にならなければならぬ。後家として長く苦しい生活が待っている。

頭布を被って長屋を後にするさびし気な弥江を見送ると、関四郎の心に暗殺の首謀者への怒りがわき上った。

関四郎が道場に入ると、稽古をしていた外弟子の梶山左馬助、甚助、佐蔵の三人がその手をとめて挨拶をした。

ここしばらくは門弟への直接稽古もしていなかった。一番先輩格の梶山左馬助が、

「先生、稽古をつけてもらませんか」

と一礼をして言った。

外弟子の稽古をつけて欲しいという熱っぽい気持ちが伝わってきたが、まだやらなければならないことがあった。

「瑞穂は今日の稽古には来ておらぬようだな。珍しいこともあるものだ」

「どうも母御が病んでその介助をしていると聞いております」

佐蔵が横から口をはさんで言った。

「どんな具合なのだ、重いのか？」

「われわれは深くは存じませぬ。めったに稽古を休まぬ片平にしては珍しいことで

ござる」

「そうか、あいわかった」

瑞穂が道場に入門して以来、すでに数ヶ月が経っているのだが、関四郎はいまだその居所さえも詳しくは知らなかった。

何か事情をかかえた母と子だという印象はあったが、なるべく家庭のことには立ち入らないでいたのだ。

いざ現実に瑞穂がいないと、道場は磨き上げられてはいるが、まるで火の消えたような閑散とした道場に思えた。

その時、道場の玄関から大きな声がした。

「たのもう」

道場内からも、はっきり聞こえる野太い大声である。

急いで甚助が玄関に向った。

まもなく大柄の侍をともなって甚助が現われた。

「先生、こちらの御仁が炮烙試合を申し込んでおられます。いかがされますか？」

年は三十すぎ六尺に近い大柄の侍は、師範席にいる関四郎に軽く会釈すると道場内を見まわした。

長旅によってか、袴はよれよれとなって折り目もなくなっている。明らかに浪人であった。

「それがし石州の浪人栗山幾之助と申す者でござる。旅の土産として一手炮烙流をご指南くださらんか」

「栗山どのと申されるか、それがしは当道場主の瀬尾関四郎でござる。道場に入られる時に玄関の木札をご覧いただきましたかな」

「承知でござる。貴殿が敗れた時には、ほうびとして金一両とのことですな。これもまこと相違ござらんか」

「いつわりはござらん。ただし勝負は一本限りでござるぞ。ではご納得ならばすぐにお相手いたそう」

関四郎は門人に栗山が身につける武道具を渡すように指示をした。

「それがしは、籠手も胴も必要はござらん。ただ炮烙を乗せる面だけで十分でござる」

髭づらの幾之助は防具、面がねをつけた上に小さな座布団と炮烙を乗せると甚助から長めの竹刀を受け取り、道場の中央に立った。そして幾度も素振りをこころみた。

籠手や胴具を着けないで立ち合った者は、これまで数限りなくいた。なるべく身軽な方が有利と踏んでいるのか、もしくは身体に竹刀をふれさせない自信があるからである。

関四郎は剣術の稽古と同様に防具を着けると炮烙を面上に結《ゆ》わえつけた。

試合前に三方が師範席に置かれ、金一両が懐紙の上に載せられている。もう一方の三方には、栗山幾之助が教授料として納めた二百文が載っている。

「いざまいる」

幾之助は大声を発すると素早く下って二間の間合を取った。

「心得た、存分に打ってこられよ」

関四郎は誘うような声を発すると青眼に構え、微動だにしなかった。

幾之助は道場に乗り込んできただけに隙のない構えだった。

幾之助は、関四郎の動きを見定めようとわずかに右に足を移した。それでも竹刀の先は、幾之助の正面にすえた。

幾之助は一気に結着をつけようとした。ゆっくりと上段に振りかぶりながら足の親指で床板をかぞえるように小きざみに間合をつめた。

だが、その動きにも微動だにしない関四郎の青眼が気になった。一足一投の間合を詰めるのを躊躇させるものがあった。上段に振り上げたまま、一気にふり降ろすこともならず、しばらく静止したように二人の動きが止った。

時間が過ぎて行った。幾之助はこらえきれない焦燥感を打ち破る手段をめぐらした。関四郎の竹刀を上段から叩き落し、さらに二段打ちで面を打とうと決意すると突進した。

幾之助が叩き落そうとしたその刹那、青眼の竹刀はいつしか眼前から消えたと思った。瞬間、ずきんとする打突の衝撃で頭上の炮烙は叩き割られていた。

幾之助は思わず頭上に手をやると、すでに頭上の炮烙は粉々にくだけていた。

「いや、参った。これほどの動きの速い技とは驚きだ。炮烙流と申すので、たわごとな流儀と思うておりましたが、いやはや見事でござった」

幾之助は、汗まみれの顔つきであっさりと敗けを認めると、白い歯を出して笑った。髭づらだが笑うと人なつっこい顔つきになった。

「いや、栗山どのも立派な剣を遣われる御仁とお見受けいたした。何流でござるか」

「それがしは小野派の一刀流を学んで、諸国を旅しております。福岡の支藩にあるおもしろい名の道場にひかれて、ご指南を願ったのだが。して、炮烙流の源流は何と申されるか。お聞かせ願えまいか」

「肥後、熊本の雲弘流でござる。まだまだ修業の身でござる。以後、ご昵懇くだされ」

「かたじけない、肥後にも立ち寄ってみたいものだ」

幾之助は数日は当藩内に逗留するつもりだといって立ち去った。

「先生、久しぶりに見取り稽古をさせていただき、ありがとうございました」

先輩格の外弟子左馬助が試合につかった防具を片付けながら笑顔で言った。

「それはよかったではないか。炮烙流は見取り稽古も大切だ。そのことに気付いただけでも上達してきた証拠だな」

関四郎に褒められて左馬助が顔をほころばせた。

「そなたの家は無足組だったな。藩のことで何か噂を聞くことはないか」

「次男坊で藩のことは疎うございます。だが、大殿が江戸でご病気だという噂をして、当家でも心配しておりました」

「やはり大殿さまのご病気は藩士にとって死活問題にもなりかねんからな。心配されるのも当然じゃ」

わずかに禄高数十石では、兄弟で禄を分ける訳にはいかぬ。いずこかの婿を探している家からの貰いがかかるのを待つしか出世の道はない。もしも婿の口が見つからねば、部屋住みとなる。

それでは生涯妻を娶ることもできぬ。

梶山左馬助が明るいのは、数ヶ月前、磯田家の娘浪路との婿の話が飛び込んで来たからである。禄高七十石の小晋請組の家だという。

家を嗣げば、剣術の修業も容易にできなくなる虞れもあって、今は技術の上達に意欲を燃やしている。

瀬尾関四郎が道場で門弟に稽古をつけていた。秋の夕日が道場の格子窓から差し込んで幾すじもの長い光と影が床板を照していた。

珍しいことに瀬尾家の当主、喜三郎が道場を訪ねて来た。

道場を開設して以来、初めての訪問だった。

関四郎は稽古をやめると奥の居間に案内した。米蔵を改装したので居間には床の間もなかった。

「思ったより、小綺麗にしておるではないか」

兄の喜三郎がまわりを見回しながら言った。

「門弟たちがよく拭き掃除をしてくれますので、どうやら道場の体面を保っております」

兄の喜三郎は門弟が持ってきた茶をすすると、膝をすすめて関四郎を見つめた。

「わしがいきなりここに来たので驚いたと思うが、実は、わしも驚いておるのじゃ」

「いったい、何を驚かれているのですか」

「馬廻組組頭の結城多聞さまが、そなたを屋敷まで帯同してまいれと申されたのじゃ」

真顔をくずさない喜三郎は、関四郎を見つめてさらに膝を進めた。

「結城多聞さまは、おまえの腕を見込んでおられるようじゃ」

「腕ですか？　だが、わたくしは当藩とはまったく関係のない一介の町道場主ですぞ」

「それはよく承知しておる。そのうえで何か頼みたいことがあるのかも知れぬ。今から帯同するので、すぐに着換えよ。そのように汗くさいままでは連れてまいるわけにはいかんぞ」

関四郎は兄にさからえない。庭に出ると手早く井戸水をつかって汗を洗い流した。兄は手まわしよく羽織と袴を風呂敷に包んで持参していた。おそらく兄嫁律久の才覚に違いなかった。

そそうがあっては、夫の出世に響き上司の評判を落すことになりかねない。そのくらいの知恵は働いたのだろう。

羽織袴に着替えると両刀を腰に差した。しかし髪は急場のことで結《ゆ》い上《あげ》ることができず、櫛をつかって撫で上げた。このような時に女弟子の瑞穂がいてくれたら手伝ってくれたに違いないという思いがちらと頭をよぎった。

「それでよかろう、まいるぞ」

喜三郎は関四郎をともなうと、せきたてるような急ぎ足で御役屋敷にむかった。

直方藩馬廻組の組屋敷は城下の西の丘にあり、御殿を守るような位置に配置されている。

馬廻組組頭の屋敷はその組屋敷よりさらに一段と丘に近い位置にある。

門の前で家士らしき武士が立っていたが、近づいてくる瀬尾兄弟を見ると頭を下げた。

時刻は暮れ六つ（午後六時位）になっており、たそがれが近づいていた。

「お待ちいたしておりました」

年は五十くらいの謹直な感じの家士は、丁寧に一礼すると先に立って屋敷の玄関に案内した。

重厚な造りの門から玄関まで磨かれた敷石が続き、まわりに植えられた庭樹の楓が紅色に美しく色づいている。

しかし、あたりはいつの間にかうす墨を塗ったように暗くなりはじめていた。

家士の案内で二人は座敷に通され、しばらく待たされたが、やがて白髪の武士が部屋に入ってきた。

恰幅が良く年は六十前後だろうか、眼つきの鋭い武士は、しばらく関四郎を見つめていたが、ゆっくりと口を開いた。

「今夜はご足労かけたな。わしが結城多聞じゃ」

「ははっ、瀬尾関四郎と申します」

多聞は喜三郎に帯同のねぎらいを言った後、そなたは別室で待っていてくれぬかと言った。内密にかかわる話をしようとする顔つきで顔がひきしまって見えた。

喜三郎は関四郎に眼線を合わせて頷くと、組頭に一礼して部屋を出ていった。

「これから話すことは、一切他言してはならんが、承知してもらえるか」

関四郎は前ぶれもなくいきなり口止めされたことで、少しむっとした顔つきになった。

「唐突な話ではあるが、そなたもこの支藩領内に住んでおる。藩士ではないが領民じゃ。この藩のためにそなたの力を貸してくれぬか」

結城多聞は語気をやわらげてはいるが、是が非でも関四郎を説き伏せようとする気持ちが顔つきにあらわれている。

「そなたも当藩に世嗣ぎがいないことで、いずれは直方藩は廃藩になるという噂を耳にしたことがあろう。どうだ?」

「その噂はそれがしも聞き知っております」

「ならば、話が早い。その世嗣ぎに係る人物の護衛をそなたの腕を見込んで頼みたいのだ。この仕事を引き受けてくれぬか?」

「藩士の方々が護衛にあたることはできぬのでしょうか」

単刀直入に、関四郎は訊ねた。

「そう言うと思うておった。当藩の若君であれば、護衛をつけるのは当然のことだ。だが、まだ世嗣ぎと決った訳でもないお方にわが藩の藩士をつけることは許されぬことじゃ、そうであろう」

組頭の言うことも、筋が通っている。だが、その護衛の役を藩士でもない自分がやることについては疑問が残る。

「結城さま、わたくしにその御役目を命じられる理由をお聞かせいただけませぬか。それがし、納得がいけば、護衛の御役を引き受ける所存でござる」

「うむ、そなたの言うことももっともじゃ。さいわいにそなたは城下で道場を営んでおる。他国の者が武者修業で立ち寄ることもあろう。しばらく滞在しても、誰もあやしむ者はおるまい。そのうえ、そなたは武道の達人じゃ。あわせて護衛もできるということだ」

「すると世嗣ぎになるかも知れぬお方を、それがしが面倒を見よということですか」

「そのとおりじゃ、そのお方は、当藩に興味を示されておる。正式な世嗣ぎになる前、おしのびで藩内を視察しておきたいという強い希望を持っておられるのじゃ」

「いったい、どこの藩の方なのかも教えてはもらえぬのですか？」

「そうだ、いずれ本人が話すだろう。わが藩と同じ禄高の支藩の三男にあたるお方だ。だからと申して気苦労はしなくてよい。そなたは先々藩士として仕える訳でないからそれでよいではないか。そのかわり給金は十分に考えておるので案ずることはない」

「その護衛はいつから始まり、いつその任務が終るのですか?」

「世嗣ぎ候補となるのは、もそっと先じゃ。その方は数日後には、単身でそなたの道場を訪ねる手はずじゃ。護衛の任務が終るのは、その方が当藩を去って帰藩される時だ。そう長くはおるまいが…」

結城多聞は押し切るように言った。

馬廻組には兄喜三郎がいる。今更、反対するわけにもいかない。

「頼んだぞ、瀬尾関四郎。そして、このことは他言無用じゃぞ。わかったな」

暗黙ながら、納得したような関四郎の顔を見て、組頭は軽くうなずくと初めて白い歯を見せた。


表の新町通りの往還には、まだ往来する人がざわめいているが、町裏の路地ひとつ入ったあたりになると、人声も聞こえず、ひっそりとしている。

……いきなり訪ねては心配をかけるかな。

関四郎は、ふと思ったが、瑞穂が五日も続けて道場を休んでいることが気がかりだった。

長屋は関四郎の住む長屋とさほど変らない規模で、十数軒が道の両側に連なっていた。

大家の家が長屋の入口にあった。

年の六十をかなり過ぎたと思われる小柄な吉兵衛という大屋が関四郎を見上げた。

「片平という親子がこの長屋に住んでおると聞いて訪ねてまいった。それがしは古町で剣術の道場を営んでおる瀬尾関四郎と申す」

「お武家さま、何用にございますか?」

不審そうな顔つきだった。関四郎が片平の初めての来客だと言いながら立ち上ると奥から三番目の長屋だと指さして教えてくれた。

その家の前に立つと、台所で庖丁さばきの音が聞こえた。

「片平瑞穂どのは、ご在宅でござるか」

急に包丁の音が消えると、玄関の引き戸が開いた。甲斐がいしく前掛け、たすきがけをした瑞穂が関四郎の顔を見て赤くなった。

「まあ！　先生、わざわざお越しくださったのですか、五日も道場を休んで申し訳ございませぬ」

瑞穂は深く頭を下げた。

「いきなり訪ねて来て、悪かったかな。何かあったのではないかと心配いたしておった。母御はいかがでござるか？」

瑞穂は顔をくもらせて立ち話では何ですからと言って、関四郎を家の中に招き入れた。

急に薬湯の臭いが鼻をついた。

奥をのぞくとつい立ての後に布団が敷いてあるのが見えた。

「母御に食べてもらいなさい」

長屋で鶏を飼っている庄助から買い受けた鶏卵の包みを土産だと言ってさし出した。

礼を言うと、瑞穂は布団に横になっていた母親をだき起こして関四郎に紹介した。

「瑞穂の母、綾と申します。日ごろ、娘がご指導たまわり、本日はまた、わざわざお見舞いくださりありがとうございます」

「どうぞ、お楽になさってください。一日も早くご快復なさることを願っており申す。手前の道場が見違えるほどに美しくなったのは、瑞穂どののお陰でござる」

母親の綾は年は四十を過ぎたと思われるが、長旅の疲れが顔に表われて、青白く身体も痩せ細っている。

顔は瑞穂に似ている。やはり瑞穂は母親似だなと関四郎は思った。二人で長旅をしなければならない深い事情をかかえていることが不思議に思われた。

「瑞穂」

関四郎は静かに言った。

「母上が元気になられるまで、道場の方は心配せずともよい。じゅうぶんに孝養をつくすことだ」

「はい」

関四郎は立ち上がった。土間に降りてもう一度、部屋の中を見回した。質素で何もない自分の部屋よりさらに閑散としていた。ふたたび、旅に出ることを考えれば、鍋も釜も布団も借りものだと想像できた。

白湯を出して接待した瑞穂の恥じ入った青白い顔つきが心に残った。

長屋を出るころには、すっかり夜のとばりが降りていた。

……若いがなかなかしっかりしているな。

細木文之助に会うと、ひと眼で関四郎はそう思った。まげはきちんと結い上げている。

細木は三十半ばとも思われた。姿勢が良く、背すじを伸ばすと肩幅も広い。これまで武道にも精進していた証拠だった。

いきなり道場を訪ねて来た。供侍もなく関四郎に面会を求めた。

居間に通すと、きっと背すじを伸ばした姿勢のまま眼光するどく関四郎を睨んだ。

関四郎も眼線を外さず細木を無遠慮に見返した。

ひきむすんだ口元から、強固な意志を表すかのような顎が張っている。

眼は大きくすずやかな光をたたえている。

「すでに結城多聞から、そなたのことは聞いておる。よしなに頼む」

鷹揚に言うと、白い歯を見せながらにやりと笑った。

「細木さまのご要望にお応えできることがあれば、お申し付け下され。一介の小さな道場主でござれば、十分なお世話はできかねるかも知れませぬ。そのこと何卒、あらかじめご承知おきくだされ」

「何もそんなことは気にすることではない。いたって耐えになれておる。心配いたすことはない」

文之助は道場内を見回しながら言った。

「それなれば安心でござる。いちおうこの道場にて稽古で滞在するとの申しあわせでござれば、当道場のしきたりを守ってくださらねばなりませぬが、この点ご承知いただけますか？」

「むろんのことだ。わしを特別に扱う必要はない。わしとて、かたくるしい扱いはのぞまん」

「そう言ってくだされば助かります。では心おきなく道場での日々を楽しんでくだされ」

細木文之助も外弟子と同じように、かよいとした。朝は一応道場に挨拶に来るが、強いて稽古はせずに好きな所に単身で出掛けることは放任した。

道場には泊る場所はないことを、あらかじめ伝えていたのだが、文之助は自分で旅籠《はたご》を見つけているということだった。

細木文之助は朝、道場に来るとどこに行くとも告げず、編笠をかぶり単身で出掛けた。日も落ちて六つ（午後六時）を過ぎてようやく道場に帰ってきた。一日中歩きまわったのか袴や草履が土ほこりで汚れていた。

「瀬尾どの、どこか酒を呑ませてくれるところにつれて行ってくれぬか。喉がかわいた。いっぱいやりたいのでな」

秋の陽ざしに焼けた文之助の顔つきが生き生きとしている。

「それがしの行きつけの店は、小さな居酒屋でござれば細木どのの口に合いますかな」

「いや、いっこうに構わん。その方がわしののぞむ処じゃ。ところを選ばんぞ」

「では、おまかせあれ、とまれ、井戸水で汗を拭き取ってから、ご案内いたしましょう」

外弟子の甚助に井戸端まで案内させて、汗を拭かせた。

こぎれいな料亭など連れていける身分ではなく、ひとまず居酒屋「鶏平」に案内することにした。

居酒屋は二列に飯台が置いてある。樽を代用した腰掛けが並んでいる。

縄暖簾をくぐった関四郎は文之助に適当に空いた樽を指した。

ねじり鉢巻の亭主の吉蔵は炉の上に置いた焼鳥に忙しく団扇を使っている。そのそばには煮魚や煮しめ、野菜と鶏肉の煮つけなどが大皿に盛りつけてある。七輪の大鍋にはおでんが湯気をたてている。

「この店は旨い酒が呑めますぞ。さあ一杯呑んでくだされ」

桝に注いだ冷酒を関四郎は口をつけて飲んで見せた。

歯に沁《しみ》るような感触だった。

文之助も真似をして桝に口をつけると一気に呑み干した。健康そうな喉が酒をのみ下すとよく動いた。

なかなか豪快な飲みっぷりである。

「新しいお弟子さんでござんすか？」

あいそう笑いを浮かべながら吉蔵が言った。

遅く店入りして来たらしい女房のおたきが目ざとく二人を見つけると横に座った。

「まあ、そんなところだ」

あいまいに応えて
「この店の自慢料理を出してくれ。亭主、今夜は懐があたたかいので心配はいらぬぞ」

実際に組頭の結城多聞から警護手当という名目で、まとまったものを受け取っていた。

関四郎は二杯目の桝酒を呑みほすと、ちらと文之助を見た。

吉蔵の女房おたきは、きりっとした顔つきの文之助が気に入ったらしく、台所から銚子を持って来るとぐいと盃をさし出して注いでいる。

「この焼き鳥は実にうまい」

店主吉蔵の焼いた焼き鳥の串をうまそうに何本も喰っている。噛みしめる顎が健康に良く動いている。

「さよう、居酒屋ですが、料理の腕はなかなかのものでござる。お気に召されて何よりでござる。さて、今日はかなり歩かれたご様子でござったが……」

「よう歩いたわ、遠賀川の流れに沿うて、上流の行けるところまで行ったが、英彦山源流までは遡れなかった。思った以上に広い土地じゃな」

文之助は今日、歩いた土地の風景を思い出すかのように遠くを見る眼つきになった。

「明日はいかがされますか？」

「そうだな、鞍手郡に足をのばしてみようと思っておる」

「鞍手郡は広うござって、一日では見回ることは難しいと思われます」

「そうだな、よく大地が耕されていて、荒地の少ないのは、百姓が精を出しておるからであろう。楽しみだな…」

……文之助どのは、飾らないこの直方の土地柄を気に入っておられるな。

将来の藩主の候補とされる細木文之助に関四郎は親密感を感じ始めていた。

したたか酒を呑み飯を食い終って外に出ると、もう外は暗闇だった。

月明りがわずかに感じられたが、吉蔵の女房おたきが提灯をさし出した。

関四郎は城下の道を知っている。暗闇でも迷うことがなかった。しかし細木文之助にもしものことがあれば、組頭の結城多聞が眼をいからして怒るに違いない。足どりがふらつく文之助に、逗留している宿名を聞いた。

「古町の旅籠、筑後屋だ。そこまで案内してくれぬか」

「今夜は月明りがございますが、筑後屋までご案内いたします。ご安心されよ」

「そなたのような家臣を持つと心強いの…」

酔ってうわ言のようにつぶやくと文之助は手をのばすと関四郎の肩を借りて歩いた。

木戸橋を渡り川べりを少し歩いて古町に入ると旅籠が軒をつらねている。筑後屋の場所は関四郎も知っている。迷うことはなかった。

細木文之助が炮烙道場を訪ねて来て早くも、十日ほどが過ぎた。

その間、あいかわらず独りで直方領を歩きまわり、なにごとかを調べている。

その間に馬廻組組頭、結城多聞の家士が幾度も道場を訪ねていた。

領内で不審な人物と遭遇しなかったか、身に危険が及ぶことがなかったか聞きおいて欲しいということだった。だがそれは杞憂《きゆう》に過ぎずに終りそうだった。

領内を歩き回って城下にもどると、文之助は独りで居酒屋「鶏平」の暖簾をくぐるようになっていた。筑後屋で独りで食う夕飯よりも、吉蔵の女房おたきの酌で呑む酒の方がよほど気に入ったもようである。

関四郎は様子を見るために「鶏平」に向った。

山中橋を渡ると、左側は藩下屋敷の堀が続く。今夜は月明りがあって足元はそれほど暗くはない。そこから居酒屋まではわずかな距離である。

関四郎は組頭から細木文之助の護衛の任務も命じられている。

真っ暗闇では、襲われる危険は少ないが、月明りの時は行動しやすい。

今まで何も起こらないことが不思議である。

文之助の姿を見かけた藩士らが、もしも藩外から養子を迎えることに反対する派閥に組しているなら、そろそろ何らかの行動を起こしかねないと、関四郎は感じていた。

と言うのも、道場の前を横ぎる藩士の中に、格子窓からちらちらと中を窺う気配のあることが眼につくようになったからである。

瑞穂は母親、綾の病の具合が悪いのか、見舞いに行って以来いまだ道場通いを休んでいる。

瑞穂のことも気がかりだったが、当面は細木文之助の身辺護衛を優先させなければならない。

「鶏平」に着いて暖簾をくぐった。

「あら先生、細木さまは今しがたお帰りでしたよ」

笑いながら近づいて言った。

「どのくらい前だ?」

「ほんの少し前、まだ遠くまで行っていないはずですよ。行き違ったのでしょうか」

行き逢わなかったところを見ると、別の道を帰ったのかも知れぬ。

「独りだったのか？」

「いえ、それが若いお武家の奥さまとご一緒に店を出ていかれました」

「武家の奥方？」

「どこぞでお知り合いになられたのか、この店にはじめて一緒に連れて来られました」

「女人はどのような顔だちだったか、教えてくれぬか？」

おたきは、顔を少し上むけて考えていたが、亭主の吉蔵に訊ねた。

「瞳の大きな、色白のきれいな奥方でしたな。今まで一度も顔を見たことはありませんや。細木さまに連れて来られて、店の中を見まわして、もの珍しそうでしたな。酒も少しは呑めてうさ晴しができたようでした」

さすがに亭主は客筋をよく見ていたのか、的確に容貌を語った。

「名をなんと呼んでおったかわからんか」

「荒木とか言っていたようです。細木さまが荒木さまをお連れということで、木がつく姓でおぼえておりました」

まさしく風貌は荒木雄之進の妻弥江であった。

暗殺された荒木雄之進と文之助と関係がつながったことに、関四郎は緊張のために顔が青ざめてくるのがわかった。

「呑んで行かれませんか」

というおたきの声を聞き流して関四郎は急いで店を出た。胸さわぎがする思いだった。

……さいわいにまだ酒を呑んではおらぬ。駆け出してもさほど息は切れぬ。とりあえず二人に追いつくことだと考えた。

中橋のたもとまで来たところで、月明りに白刃のひらめくのが見えた。

若い武士が背中に女性をかばって刀を構えている。

まぎれもなく細木文之助だった。

相手は黒覆面をした武士が三人いた。

関四郎は間合を切りつつ、踏みこんで一人の方を撃った。

思わぬ関四郎の飛び込みで、一瞬ひるんだのか武士たちの間合の距離が広がった。

「どこか斬られましたか」

「いや、無事だ」

文之助は関四郎の助勢を得たことで、ほっと安堵した声で言った。気張ってはいるが、かなりの酒量のためか息があがり身体の動きを鈍くしていた。

武士の一人が遠間から関四郎の動きを見ながら腕を撃ってきた。関四郎は白刃をはね上げてとびはなれた。左側からもう一人が鋭く突きを入れてきた。それを僅かに外して相手の肘を斬った。

相手は腕を押えて地に転んだ。

すでに戦意の失せた二人の武士は肘を斬られて倒れた男を肩に背負うと無言で逃げ去った。あえて深追いはしなかった。

「危ういところ、そなたの働きで助かったぞ、かたじけない」

「まさに間一髪でございましたな」

「いささか呑み過ぎてしもうた。それにしてもそなたの腕前、なかなかのものだな」

細木文之助は、塀によりかかって、うずくまっておびえながらふるえている女性を抱き上げた。

「もう大丈夫でござる。瀬尾どのの助勢で命が助かった。もう案ずることはない」

関四郎は女性に近づいて見た。

「もしやそなたは荒木雄之進どののご妻女ではござらぬか?」

頭布をした顔が、関四郎とわかって吃驚した表情になった。

「過日、突然にお伺いし、大変に失礼いたしました。また今夜もお助けくださり、まことにありがとう存じます」

目をふせて消え入るような声で礼を言った。

寡婦でありながら、夜、若い男と出歩いているところを知られたという恥辱もあるのか、身体を縮こまらせている。

「連れ立って歩いては、人眼を惹くが今夜はいたしかたない。まずはご妻女を屋敷に送り届けることにいたそう」

弥江はうなずいて殊勝に「はい」と言った。

ほっそりした身体つきだが、胸も腰も丸みを帯びて女の色香が感じられる。どのような経緯で知り合ったのか不明だが、若い細木文之助も眼を惹かれたに違いないと関四郎は思った。

関四郎は黙ったまま、文之助の横にならんで歩いた。

弥江を屋敷まで送りとどけると、今度は文之助を筑後屋まで護衛することとなった。

「ひとつお訊ねしてよろしゅうござるか」

その前に関四郎は荒木雄之進の妻弥江が、自分の家に訪ねて来た経緯を話した。

暗殺された夫のことをしきりに聞きたがった妻の弥江がなぜ細木文之助と結びつきがあるのかを知りたかった。

「その訳を知りたいのは当然じゃな。暗殺された荒木雄之進は、実はわしを尋ねて来ることになっておったのじゃ」

「と、申されますと、いずれご家中かに……」

「肥後、熊本藩の支藩三万石の宇土藩じゃ」

「では細木さまは、肥後の宇土から、ここ直方まで視察に来られたと言うことですか？」

「驚いたであろう。くわしいことは、明日、そなたに内々にて話すとしよう」

筑後屋の前に着いたので、話を切り上げた。

「今夜は、しっかりそなたの世話になったな」

文之助は軽く手をあげると、入口の戸を開けて筑後屋に入っていった。もうすっかり酔いは醒めている足取りだった。


翌日、道場に顔を出すと言っていた細木文之助は筑後屋を早立ちして、いずこかに立ち去ったことを知ったのは、その日の昼を過ぎてからである。

門弟の甚助を走らせて筑後屋を訪ねてわかった。

旅籠の部屋にはなにも残しておらず、理由も告げずに早立ちしたことはあきらかだった。

関四郎の脳裏にすぐさま馬廻組組頭、結城多聞の顔が浮んだ。

昼飯を取ると、すぐさま結城多聞の屋敷を訪ねた。

さいわいに多聞は屋敷にいた。

関四郎は家士の取次ぎを受けて客間に通された。すぐさま急ぎ足で座敷に入って来た多聞がひどくあわてているのがわかった。

「今朝、旅籠から立ち去ったと申すのか」

「どうも、そのようでございます。宿で朝飯をすませると急いで旅支度をし、それまでたまっていた宿賃をすべて支払って立ち去ったとのことでございます」

「何で急にそのような事態になったのか。その理由はわからぬのか？」

多聞は顔をしかめて扇子でいくども膝をたたいた。その緊張ぶりが関四郎に痛いほど伝わってきた。

「実は、昨夜、三人の賊に襲われました。が、折よくそれがしが護衛いたしましたゆえ、撃退いたしました」

「まことか。細木どのに、怪我はなかったのか？」

「ご安心ください。どこも怪我はいたしておりませぬ」

「して、賊は何者か。そなた、想像はつかんのか」

「はっ、黒覆面をした武士が三人で襲ってまいりました。なかなか腕の立つ者たちでございました」

「襲ってきたのは、まちがいなく、武士だったのだな」

「左様にございます」

「さても無事で何よりであった。そなたの働きで危ないところを切り抜けたにちがいない。礼を言うぞ」

「結城さま、細木どのは、肥後、熊本藩の支藩、宇土藩より視察に来られたる由、相違ございませぬか?」

「そなた、細木どのから直々に聞いたのか?」

「そのように申されました。予想もしないところから視察に来られていたということで、それがしも驚き入りました」

細木文之助の身元を知られたことに、多聞は意外だという顔つきをし、渋い顔面のまま暫く黙っていたが、もっと近くに寄れと言った。

「宇土藩というよりも熊本藩の二代藩主細川忠利公は、当藩藩祖高政公の時より昵懇な間柄だったのだ。あの島原の乱の原城の政略の時はお互いに苦労しながら鎮圧にあたったのじゃ。以後参陣していた宇土藩とも親交が続いているのだ」

「……」

「今は宇土藩二代藩主細川有孝公が宇土三万石を治めておられるのだ。だが病を得ているともお聞きしている。おそらく家督相続の話ももち上っていると思われる。その状況の中で、当藩への養子の話は、嫡子の有清さまの外に、妾腹の文之助さまがおられることがわかり、秘かに方策をめぐらしているところであった」

「そのように他藩から養子を迎えることに反対する藩士は、別に何らかの方策をお持ちなのでしょうか。当藩藩主長清さまは江戸藩邸でご病気だとの噂が伝わっております」

「城代家老の胸のうちはわからぬ。別に養子縁組みを画策されているかも知れぬ。何よりも本藩を継いだ継高さまのご意向がまだよくわからんのだ」

馬廻組組頭の結城多聞は、城代家老と対立する垣田中老職の側にいることがわかった。

次期後継者をめぐる藩内の争いが、ひそかになされているのである。

「細木さまが国元に帰られたものか、あるいは何かほかの目的でいずこかへ行かれたのか不明だが、これでそなたの御役目が終ったわけではないぞ。新たなことがわかったら、すぐに知らせてくれ、これは当藩にとって浮沈の瀬戸際かも知れぬ。これからも頼んだぞ」

結城多聞は大きく眼を見開いて関四郎に強く念を押した。

藩がどうなろうと関四郎にはかかわりのないことだとちらと思ったが、すぐに兄、喜三郎の顔が浮んできた。兄がどちらの派閥に組しているか不明だが、多聞が少なくとも馬廻組の上役であることにかわりはない。

「しかと心得ました」

関四郎はぶ然たる思いをかかえて組頭の屋敷を辞去した。

道場に戻ると、驚いたことにふたたび炮烙試合を申し込む武士がいた。

数ケ月前、炮烙試合をした石州浪人栗山幾之助が笑顔で待っていた。

見えない。

その後、よほど腕を上げたものか、それとも一両の賭け金を狙ってのことかわからぬが、笑顔を見せているところを見ると、意趣がえしで試合をのぞんでいるようには見えない。

「栗山どの、貴殿は、また炮烙試合をのぞんでおられるのでござるか」

「いかにも、先般は、あまりにあっけなく炮烙を割られてしもうたのじゃが、ひと工夫いたしたので、今一度お立ち合い願えまいか」

「それほどのぞまれるなら、直ちにお相手をいたそう」

関四郎は居間にもどり道衣に着換えて道場に入ると試合の準備を始めた。弟子たちに二つの三方を準備させると一方に金一両を奉書紙の上に置き、師範代席に置かせた。もう一方の三方には栗山幾之助が懐中から取り出した二百文が置かれた。

関四郎は通常どおり防具を着けると頭上に炮烙を結びつけた。

栗山は前回と異なり、神妙に関四郎と同様に防具を身に着け、門弟の甚助が手伝って面の上に炮烙を頭上に結びつけた。

関四郎と幾之助は道場の中央に進み出た。互いに一礼すると素早く二間の間合いを取った。

炮烙試合では後の先、つまり相手の竹刀の動きを見て一瞬早く相手の面を打つ技だったが、幾之助には一向に攻めてくる気配がなかった。

それが、幾之助の新たな工夫なのかもわからぬ。関四郎はつっと間合いを詰めて強く相手の竹刀の先をたたいた。幾之助はそれを軽快にかわした。そして逆に関四郎の頭上に竹刀を叩きつけてきた。荒っぽいが、すばやい剣さばきだった。

関四郎は正眼に構えなおして間合をとると、幾之助の面がねの中の眼を凝視した。その時だった。幾之助は双手突きで襲いかかるように関四郎の竹刀をはね上げると面を打ってきた。

それをわずかに左にさけて素早く振り上げて幾之助の面を打った。

炮烙の割れる音がした。幾之助はがくんと片膝をついて崩れそうになる身体を竹刀にすがりかろうじて身を支えた。

「参った。またもみごとな一本でござった」

正座した幾之助はおもむろに面を取ると頭上の割れた炮烙をしげしげとながめた。

「いや、今日の貴殿はなかなかの立会いでござった」

関四郎は、髭ずらの幾之助の顔を見つめて言った。このまま立ち去らせるには惜しい気持ちがわいた。

「貴殿さえよろしければ、軽く一献さし上げたいのだが…」

急に幾之助の顔がほころんで、眼を輝かした。

「あまえてよろしいのでござるか」

「ただし、それがしの行きつけの居酒屋でござる」

「それはありがたい…」

栗山幾之助は何度も大きくうなずいて、顔をほころばせて首すじをなでた。

着ている衣服も垢に染まって、袴もよれよれでつぎも見える。そんな暮らしぶりで二百文の賭け金は、かなりの出費に違いない。

関四郎は、見るからに貧乏な身なりではあるが少しもそれを苦にしていない栗山幾之助のいさぎよさに、親しみをいだきはじめていた。

居酒屋「鶏平」は、炉端に沿って長く飯台が並んでいる。その奥まった処に四畳ほどの小あがりがしつらえてある。

栗山幾之助をともない、関四郎は小あがりの座敷に案内した。

「なかなか旨い焼き鳥を食わせてくれる店でしてな。酒もなかなか味がよい」

いつも、あいそうよく迎えてくれるおたきは、店にはまだ出ていなかった。

関四郎は店主の吉蔵に目くばせすると、吉蔵がすぐに枡酒を盆にのせて運んで来た。

この絶妙な早さが、関四郎には心地よいのだ。栗山幾之助も、視線を走らせて店内をあちこち見回している。

「さあ、一献、酌み交わそうではないか」

「かたじけない、ご馳走になる」

枡酒を掲げると二人は冷酒に口をつけた。

幾之助は両眼を閉じて、じっくりと酒を味わうような顔つきになった。

「実に美味でござるな」

「貴殿の口に合って、なによりでござった」

「実のところ、ここしばらくは酒を絶っておったのだが、瀬尾どのにご馳走にあずかるなど、思いもよらぬことでござった」

「いや、そなたの炮烙試合にかける意気込みに驚いていましてな。たしか石川の生まれとお聞きしたゆえ、何かおもしろき旅先での話でもお聞かせいただけないかな」

「いかにも加賀百万石の石川の産でござる。家は加賀藩の下級武士でござったが、それがしの代になって、やむ得ぬ事情で致仕して西国から九州に流れて武者修行を致しており申す」

「今の時勢、武術をもって仕官は難しいのにあえて武術をもって仕官をめざしておられるのですな。さしつかえなければ、理由をお聞かせくださらんか」

幾之助は焼鳥をほうばり噛みしめながら、盛んに酒をあおっていたが、急に食べるのを止めると、関四郎を見つめた。

「わが家は藩の小普請組でござったが、それがしがお役を解かれてからは、まったく芽が出ぬまま、ついに流浪の身となりました。いつしか故郷の父母も亡くなり、天涯一人でござれば、かえって気軽な浪人といったところでござる」

「それは失礼なことをお訊ねして申し訳ござらぬ、お許しあれ。さあもっと酒を呑まれよ」

関四郎も武者修行の旅をしたが、その時は、まだ故郷には兄も父母も健在であった。それに引きくらべたら幾之助は、何ともいさぎよい生き方をしている。

路銀がなくなれば、木賃宿の宿代にもこと欠くだろうし、必要とあらば日雇いなどの工事人夫として日銭をかせぐこともあるはずである。

幾之助は何日分かの食欲をすべて満たすかのように、よく飲み、よく喰った。

「いやはや、貴殿には、すっかりご馳走になった。かたじけない」

「栗山どのは、当藩内には、いかほど滞在されるご予定でござるか？」

関四郎は気になって訊ねた。

「口入れ屋の穂波屋と縁ができましてな、日雇いの仕事が当分ありますのじゃ、しばらく、この地にやっかいになる予定でござる」

「それは、よかった。また、炮烙試合はぬきにして、いつでも道場に来られたい」

幾之助のあけっ広げな豪放さが、持ち味とも思えた。

四つ（午後十時）近くまで呑むと、店の前で別れることにした。今夜いずこに泊るかまで詮索することはやめにした。

千鳥足で去って行く幾之助を見送ると、関四郎はふと我にかえってゆったりとした足どりで長屋にむかっていた。

関四郎は馬廻組組頭の結城多聞から密命を帯びて筑後路から肥後路に向っていた。長崎街道を通り、筑後久留米藩から、さらに柳川藩領を抜けて肥後への路のりを南下した。

道中手形は、結城多聞が準備していた。路銀も三十両ほど拝領した。

道場のことも気になったが、細木文之助の行方を一刻も早く探し出さねば、多聞との護衛の約束を果したことにならぬ。

密命を帯びての旅である。しかし、十日もあれば、万事が明らかになるだろう。

熊本藩の支藩宇土藩は三万石の小藩ながら、これまで名君を何人も産み出している。

熊本藩二代藩主光尚公の従兄弟行孝公は、有明海に近い宇土の低湿地は塩分の多い飲料水であったことから、全国では初めて上水道を舗設している。

五代興文公は文教の拡大に努め、小藩ながら藩校温和館を設立している。殖産にも意を注いで、櫨、椿などの植樹を奨励していた。

瀬尾関四郎は結城多聞から聞いていた細木文之助の屋敷を訪ねあてた。

宇土藩領は有明海の海岸に接した土地が多いが、文之助の屋敷は城下町から少し外れた小高い丘陵地にあった。

まわりには百姓の民家が点在しており、一見して武家の屋敷のような構えではなかった。

格式ばった門も設けられていない。どちらかと言えば庄屋の隠居屋敷に見えた。

訪いを入れると六十すぎの家士らしき老人が出て応待した。

「それがし、瀬尾関四郎と申すものでござる。細木文之助どのに直々にお訊ねしたきことがござって、筑前黒田領、直方藩から出向いてまいった。お取りつぎ願いたい」

藩を名乗った方が、理解も得やすいと、とっさに機転を働かせた。

「それは遠路、ご苦労にございました。主人《あるじ》は今、外出いたしております。すぐに戻ってまいります。しばしお待ちくだされ」

家士らしき老人は関四郎のあいさつを別に疑いもせず、玄関から客間に通した。

障子は大きく開け放たれて、百坪ほどの庭がながめられた。小ぶりの築山が風景をなしている。

裏木戸から人の入る気配がした。

遠くから客間にいる関四郎を認めたのか、その男は右手を高くあげた。

「瀬尾どの、わざわざ宇土まで来られましたな」

細木文之助は、庭まで来て関四郎を見て言った。

少しきまりわるそうな顔つきをしたが、すぐに笑顔になった。

挨拶もせず勝手に宇土まで立ち帰ったことで、迷惑をかけたことは推量できる。その外にも、何か用件をたずさえて来ていることは、瀬尾関四郎の顔つきが物語っている。

「あの節は、たいそう世話になった。改めて礼を言うぞ」

文之助は関四郎を見つめ、軽く頭を下げた。賊に対して関四郎が刀を抜いて文之助を助けたことを、とっさに思い浮かべたようだった。

「ご無事に宇土に帰藩されていることが確かめられて、ひとまず安心いたしました。結城多聞さまからも、依頼を受けて参上いたしました」

「それは当然のことだ」

話題は直方支藩の本題の世継ぎ問題に及んだ。

「長清公との養子縁組みの話は当初からなかったものと思っておる」

文之助はきっぱりと言った。

「なぜでございますか？」

「継高公が本藩を継いで、数ヵ年の間、長清公は側室も持たず、また養子を本藩から迎えるといった方針を一度も口にしておられぬのだ」

「それでは、いずれ長清公の亡き後は、廃藩の道しかございません。それを承知のうえで歳月を過されたと申されるのですか？」

「わしは、そうとしか思えんのだ。その一番の強い意志は、荒木雄之進の暗殺じゃ」

「すると藩主長清公も養子を望んでおられぬということになります。不確かだが、何か深い奥があるとみるべきでしょうか？」

「長清公にとっては、嫡男が五十二万石の本藩主に納まったのだから親としては栄誉なことではないか。その後に、わざわざ支藩を維持するために、他藩から養子を迎えることは、先々にまた本藩との間に問題をかかえることになりかねぬ。それは支藩の存続以上にやっかいなものを抱え込むことになりかねない。そんな深い配慮があったに違いないと考えるのが筋というものだ」

文之助は関四郎を見つめると、強い口調で言い切った。

書院番の荒木雄之進を暗殺してまで、宇土藩からの養子縁組みの話を阻止したことが、文之助の心に深い疑惑を植えつけたのだろう。未練気のないさばさばした態度だった。

誰も自分の身辺を護ってくれる人のいない五万石の支藩に、単身乗り込んでくるような無謀さはない、思慮深い顔つきになっていた。

「直方では、そなたには随分と世話になったままだったが、黙って宇土に立ち戻ったので、さぞや迷惑をかけてしもうたに違いない、どうかゆるされよ」

文之助はもう一度、軽く頭を下げると関四郎に言った。

「少々、おどろきましたが、これで安心いたしました。結城多聞さまには、しかるべきお話をいたされますか？」

「そのことだが、なかなかふん切りがつかんでおってな。この話はなかったものと断り状にて伝えるところだったのだが、これで決断できた。多聞どのにはそなたの方からもよしなに伝えてくれ、文も添えておくのでな」

庶子ではあるが、支藩三万石の三男である。文之助にはひなびた別邸が与えられていたのだ。

まもなくして衾《ふすま》が開くと女性が現われた。その顔を見た関四郎は驚きを隠せないおももちで女性を見た。女性はつつましく、茶と菓子を差し出した。

「吃驚するのも、無理はないな。荒木の妻女、弥江だ。今は、わしの身の回りの世話をしてくれている。いずれは妻にするつもりだ」

文之助は平然として言った。

そういえば、荒木家から何らの問い合せもなく、まさか文之助に帯同されて宇土に来ているとは予想もしないことであった。

「たしか、荒木雄之進どのには、ご嫡男がおられましたが、ぶしつけながらいかがされましたか？」

関四郎は弥江を見つめて言った。

「そのことなら心配はいらぬ。宇士に一緒に連れて来ておる。直方で元服しても、おそらくは廃藩となるのだから家禄もない。わしのことで命を落した雄之進の分身だ。我が家で養育することにしたのだ」

文之助が口を挟んで言った。

確かに将来を考えれば、弥江にとっても捨て扶持で生きるよりもよりよい選択である。

弥江は初めて関四郎を訪ねて来たときの青ざめた顔つきとは一変して、にこやかに微笑を浮べて一礼すると座敷から出ていった。もはや沈痛な表情は消えて、むしろ平穏な暮しぶりが想像できた。

「そなたと行った焼鳥屋がなつかしいのう、いつかまた直方を訪ねたいものだな」

文之助は感慨深げな顔つきで別邸の築山のある庭に視線を移した。関四郎も庭に視線を移すと遠くかすんだ雲仙岳が借景となって見えた。

「もし、その様な機会が訪れましたら、お声をかけてください」

もうこれ以上、文之助について調べる必要はなかった。

裏庭の樹木にて杜鵑が鳴きはじめていた。

遠賀川の水運を利用して藩の米蔵に年貢米の収納が始まっていた。

今年は例年になく稲がよく実って収穫も多く、藩内の農民たちの顔つきも明るかった。

船着き場には、多くの人足が米俵をかついだり、米俵を大八車に載せて堤の坂道をあえぎながら上っている。

晩秋の夕ぐれは早い、あと半刻もしないうちに暮れなずんでいくのだ。

「おい、もっと腰を入れて運ばんか」

親方の叱声に励まされて人足たちは玉の汗を流しながら積み荷の米俵を運んでい

た。

その人足の中に髭面《ひげづら》の栗山幾之助がまじっていた。裾短かの布子姿に素草鞋という恰好だ。そんな身なりでもまったく気にせずに直方に住み続けている。どうも直方領は居心地が良いのか、それとも何か深い理由があるのかもわからない。

人よりも一倍、身丈もあり体格の良い幾之助だから、その動きの鈍さがかえって目立っている。

日雇労働は重荷役になるので苦痛ではあるが、その日に日銭が支払われるのが何よりも有難い。

無事に荷役を終えた幾之助は親方から給金を受け取ると栄町に軽い足どりでむかっていた。

中橋を右に折れると栄町の商店の中に煮物を売る「おきよ」という小さな店がある。幾之助はその店に立ち寄った。

「いつもの煮豆の炊き込んだやつを一椀分くれぬか」

もらった給金の中から十文を取り出して忙しく火加減を見ているお清にさし出し

た。

「あいよ！」

なれた手つきで、お清は、幾之助の顔もろくに見ないで、うるしのはげた小さな重箱に入れてさし出した。

お清は年は三十を過ぎているが中肉中背で、昔は小料理屋の仲居をしていたというだけあって、腰つきに年増の色気を感じさせる。

「いつも煮豆ばかりですまないな」

「そんなことないよ、立派なお客様ですよ」

お清は、はじめて幾之助に笑顔を見せた。

幾之助は小重箱を小脇にかかえると古町にむかった。

幾之助のむかった先は、関四郎の住む長屋だ。

あたりはもうすっかり薄暗くなっていた。大家が長屋の入口に立って、帰宅して来る長屋の住民たちに声をかけている。

「栗山さま、今日もよう仕事に励まれましたな。さぞ、お疲れになったでしょうな」

大家の吉右衛門はねぎらいの言葉をかけた。

「もう四、五日はかよっておるが、まだまだ蔵米《くらまい》の荷揚げは続きそうでな、お陰でたんまり給金がもらえそうじゃ」

「それは、ようございました。くれぐれもご無理なさらぬよう身体をご用心くださ れや」

「ところで、ここ数日、瀬尾どのは留守のようだが、どうかしたのではござらんか」

幾之助は夕やみのなかでまだ灯りのともっていない瀬尾関四郎の家の戸口を見た。

「わたくしも、くわしくは存じませぬ」

「そうか……」

髭づらの幾之助は少し落たんしたように眼を細めると我が家にむかった。

戸を開けても、誰も出てくるわけではない。

寒々とした四畳半一間が暗闇に染まりはじめている。

台所には朝方に炊いた冷や飯が釜の底にへばりつくようにして残っているはずだ。

かまどに火を入れ鍋に水を汲んで鍋に残った飯で雑炊をつくる。あとは煮豆屋おきよで買ってきた煮豆をおかずにして夕食となった。

関四郎がおれば、いつものように訪ねて行けば、世間話で、暇をもてあますことはない。だが、関四郎が留守ではどうしようもない。

夕食を食べてしばらく肘を枕に寝ころがっていたが、もしやと思い玄関の戸を開けて関四郎の家を見た。

すると灯りがついているではないか。

……戻ってきたようだな…。

幾之助は、すぐさま関四郎の家の戸を叩くと引き開けた。

「誰だ」

「わしだ、幾之助じゃ」

「そうか、まああがれ」

「おぬし、かれこれ十日あまりも家を開けておったが、どこにでかけておったのじゃ、心配したぞ」

幾之助は半分ま顔になって言った。

幾之助が心配したと言ったのは、まんざら嘘というわけではなかった。

関四郎に二度も炮烙試合を申込み、いずれも敗けてしまった。しかし関四郎が酒をくみかわして慰労してくれたことで、その人柄に惹かれたのである。そしてついに直方領にとどまり、いつしか関四郎の紹介で同じ長屋に住むようになったのだ。

「そなたに詳しいことは申せぬが、旅をしておったのだ」

関四郎が旅から帰った証拠に、まだ着ている羽織や袴がほこりまみれだった。


「うむ。少々確かめたいことがあっての」

関四郎は幾之助を見つめた。

「そうか、無理には聞かぬことにしよう」

髭づらの笑い顔の幾之助はあっさりと話題をかえた。

「蔵米を船から荷おろしするのが、わしの日雇の仕事じゃが、何となく差配する藩の役人に元気が感じられんのじゃ、何かわけがあるのか？」

「そうか、おぬしもそのように感じるのか」

「蔵米は豊作で、収納は多い。なのにだ、藩士の顔つきに喜びが感じられんのじゃ。藩の中でなにか起きつつあるのではないか」

幾之助の嗅覚が支藩の変化をかぎつけたような顔つきだった。

「大殿が江戸参府中であるが、重いご病気だという噂も広まっている。世継ぎもおられないので、もしもの事を心配する藩士の気持ちもわからぬでもないな」

「そうか、大殿のご病気とは、また心配の種でござるな。わしらには関係のないことでござるが…」

話がとぎれたのでその夜は話を打ち切った。関四郎の顔に旅の疲れが出ていたからだ。

栗山幾之助は日雇いで日銭をかせぐ暮しをしていたが、武術家をあきらめたわけではなかった。

一週間に数日は炮烙道場を訪れては剣の修業に励んでいた。関四郎の外弟子よりもはるかに腕が立った。

関四郎の代稽古をさせても十分に任せられる実力を持っていた。

師走の雨が時おり小雪まじりに変っていた。

新町の長屋に住んでいた瑞穂の母、綾が長く患っていた病で亡くなった。瑞穂の手厚い看病でも病をいやせなかった。

旅先での死去ほどわびしいものはない。

野辺送りは関四郎の外に炮烙道場の外弟子二人が加わっただけの寂しいものだった。

城下にある真宗の円徳寺で法要を済ませた。

円徳寺の寺門は町はずれの城下の東側に位置している。坂道を下ると津田の渡し場に通じている。

瑞穂は母を亡くした痛手からいまだ立ち直れないような沈んだ青白い顔つきをしていた。

関四郎はそばにいたが、かける言葉も失っていた。

今では炮烙道場で一番の働き手となっている瑞穂のこれからが案じられた。

埋葬を終えると、関四郎は道場に法要の参列者を招いて、ささやかなお斎《とき》の席を設けた。

近所の割烹から折り詰めを取り、酒を酌んだ。

瑞穂は関四郎の手配によって母の葬儀がとどこおりなく終ったことに御礼と感謝のことばを述べた。

「そなたも母上によく孝養を尽くされたのだ。母御は必ずや極楽浄土に召されたに相違ない。そなたは、これからどうされるのか？」

関四郎は瑞穂の身のふり方について、訊ねておきたかった。

涙を浮かべた瞳で瑞穂は関四郎を黙って見つめた。意を決したような青白い顔つきだった。

しばらく黙っていたが静かな口調で言った。

「この道場にお世話になったころ、先生から尋ねられたことがございました。なぜ、炮烙道場で剣を学ぶのかという理由についてです」

「そうだ、まだ、その理由《わけ》を聞いてはおらなんだが、そのことか？」

「はい。母上が亡くなったので、向後のことを心配することがなくなりました。実はわたくしは敵討ちの旅をしているところなのです」

「敵討ちとは、おだやかではないな」

関四郎の顔つきが険しくひきしまった。

かるがるしく口にできる話ではない。

「父、片平藤左衛門は越後、鯖江藩の勘定組で組頭の補佐役をしておりました。鯖江藩は今立、丹生、大野三郡にまたがりますが、各村々に他藩の飛び地が錯綜して、領国の支配は国難をともなっていたと聞いております。そんな中で勘定組の柿坂兵之助が公金の使途について不正をただされました。その吟味役でありました父藤左衛門は柿坂に討たれたのです。

柿坂はそのまま家族を引きつれて脱藩し、行方不明のままなのです。わたくしは父母と家族三人でした。家禄五十石を守るために藩主の許しを得て敵討ちの旅に出て以来、流浪し、ここ直方までめぐって来ました。柿坂兵之助は藩内でも五指に入る剣の遣い手として聞こえていました。そのような剣客に母と娘が討ち勝つには、柿坂にまさる剣の技量を磨くしか手だてはございませぬ。瀬尾先生の技を身につけて父の仇を討ちたいとの一念でございます……」

瑞穂は語り終えると泣きくずれた。

夫の仇を討つこともできず、旅先で亡くなった母親の無念さが瑞穂の胸につきあげていた。

これからは独り身で、いずこともわからぬ敵を探す旅を続けることになれば、年頃の娘の青春は失なわれ、無為な歳月が費やされることになる。

敵討ちは、幸運にもそれが叶えば、美事としてほめたたえられる。しかし返り討ちにあうこともある。一生涯敵持ちにめぐり合うことができなければ、これほど不運で残酷なことはない。最悪の場合、敵持ちが死亡してしまえば、不名誉で悲惨なことになる。

関四郎は泣きぬれている瑞穂の肩をかたく抱きしめていた。

瑞穂から敵討ちの宿願があることを聞いた以上、関四郎としてもそのままなおざりにできないという思いが湧いていた。

若い女を獨り長屋に住まわせておくわけにもいかない。一晩中じっくりと考えた。

翌日、兄の瀬尾喜三郎を訪ねた。

兄はあいにく登城中で、兄嫁の律久がいた。

「まあ、めずらしいこと、主人は程なくして下城してまいります。しばらくお待ちください」

といって茶と菓子を出した。

夫の喜三郎から、内々に関四郎の護衛の話を聞いていたものか、兄嫁は妙に愛そうが良かった。

自分が居候の時に使っていた離れの部屋に通された。障子を開けると裏庭は畑になっており、大根、白菜など葉野菜が植わっている。時には生前に父母から鍬を持たされ土を耕したことがなつかしく思い出された。

半刻（一時間）ごろりと肘をついて寝ていると、いつの間にか眠り込んでいた。

玄関の方で声がするのに気付いて関四郎はあわてて正座して待っていた。

「待たせたな、元気そうで何よりじゃ」

喜三郎は着換えを済まして部屋に入るなり言った。

「いたって、元気にしております。兄上もご壮健にてなによりで、安心いたしました」

「ふむ、そなたの働きは、組頭から聞いているが詳しくは話されず、ただよくやってくれている、というだけじゃ。が、おまえも元気そうで何よりじゃ。ところで、何かわしに相談ごとでもあるのか」

兄からいきなり話しの先手を取られて、関四郎はどう言いだそうかと口ごもった。いざ自分の身のふり方になると、言えぬものだと心の中でつぶやいた。そして勇をふるって
「……少しばかり金子をお借りできないものかと考え、無理を承知でうかがいました」

「いったい、いくら入り用なのか」

「五十両は必要かと……」

「五十両とは、大金ではないか。いったい何に使う金だ」

関四郎は少し間をおいて言葉を選びながら言った。

「炮烙道場に一棟を建ててそこに私と門人たちのための居間とし、わたくしも今の長屋を引き払い道場に住み替わりたいと思案した次第です」

「そうか、道場を建ててもう数年にもなるしな。しかし、きっと金は返してもらわねば、わが家もくらしがたちゆかなくなる」

「兄上がお貸しくださるならば、利息をつけてかならず月払いにて返す所存にございます」

「ふむ、いずれにせよ、いきなり五十両は右から左には出せぬ。暫くまて…」

喜三郎は立ち上ると律久のいる居間に向った。おそらく夫婦で金の工面について、あれこれと相談してくるに違いない。

四半刻も経った頃、喜三郎は妻の律久をともなって関四郎の前に座った。

そして紫色のふくさ包みを開いて小判を取り出した。

「ここに三十両ある。今、わが家でそちに貸せるあり金だ。これで、後の足りない分はそなたの器量で費用を捻出してみることだな」

兄の喜三郎としては弟のために精一杯がんばって律久のへそくりから借り受けたに

違いない。

律久はやや不満そうな顔つきをしているように見えた。

剣もほろろに断わられることも内心では覚悟していた。数年前には父が病で亡くなると、瀬尾家の家計の実権は律久が握っている。

「いや、かたじけなく存じます。きっと、わずかずつでもお返し致します」

「関四郎さま、きっとですよ、お約束くださいませ」

律久は関四郎が金子をふところに入れて瀬尾家を出る時に、もう一度念を押すように言った。

炮烙道場の建て増し工事は順調に進んだ。大家である米問屋の本村喜兵衛に相談したところ、費用をおさえるため自宅保管の古材を使って建増しすることを勧められた。

別に新築の必要はなく、古材を使って六畳の部屋一部屋と台所（厨房）、風呂場を増築した。

日通いの道場から寝泊りできるように生活が一変した。

兄の喜三郎から借りた金では不十分だった。さいわいに豪商、豪農の次男坊に相談して、それぞれの家から証認文を入れて金を借り入れることができた。

「これですっかり、道場らしくなった。どうだろう、瑞穂も長屋を引き払って道場に住んでくれぬか」

冗談のような軽い口調だった。まさか、そのような目的を持っていたこととは露ほども知らされていなかった瑞穂は驚いたような顔つきで眼をみはった。

「本当にいいんですか？この道場に住み込みできるなんて、夢のようです」

瑞穂は恥らいを見せながらも眼を輝かせて言った。

「しかし、それには、もうひとつ条件がある」

「条件ですって……」

瑞穂が急に身体をかたくして関四郎をみつめると、不安気な顔つきになった。

関四郎は一瞬、躊躇しながら顔を赤らめた。

「そなた、わしの妻になってくれぬか」

関四郎は右手で頭の後に手をやりながら、更に赤くなって言った。

瑞穂は無言のままだったが、みるみる瞳から涙があふれた。

嫁に行くなど、敵討ちの使命をもつ娘には予想もしないことだった。それだけに関四郎からの求婚には涙を流すことでしか心に秘めた気持ちを表わすことができなかった。

「まさか、断わるつもりではあるまいな」

関四郎は瑞穂の眼を見つめて笑いながら言った。

瑞穂は何度もかぶりを振った。そして

「お慕いする先生に添いとげることができれば、これ以上のしあわせなことはございませぬ」

と言った。

夏が過ぎ秋になった。

炮烙道場では暮れ六つから関四郎と瑞穂のささやかな祝言が行なわれていた。

瀬尾家からは家主喜三郎と妻の律久が媒酌人を勤め、客人として栗山幾之助、外弟子の梶山左馬助、甚助、佐蔵が招かれていた。

長年、世話になっていた長屋からは大家の吉左衛門も席に招かれていた。

三々九度の盃では、意外にも栗山幾之助が謡曲の高砂を朗々と詠じて華をそえた。

これだけの人数が入る客間はないので、式は道場内で行なわれた。

花嫁の瑞穂は律久の打ち掛けを借りて、式に臨んだ。厳粛の中にも、身内だけのあたたかな雰囲気が道場内に満ちていた。

いつも男装をしている瑞穂が打ち掛けを羽織ると花嫁の美貌が燭台の灯りにきわだって見えた。

祝い膳は大家の知りあいの割烹から折り詰めを注文したので、酒宴も盛り上り色どりを添えた。

いっときあまりで祝宴はお開きとなり、みな気をきかせたように我が家に帰っていった。

祝い膳は列席した者が台所に持ち寄って片付けたので、後始末はそれほど手間はかからなかった。

新しく建て増した六畳の部屋には新郎新婦のための夜具が敷かれてあった。

関四郎は瑞穂の眼を見つめて言った。

「このように、そなたと祝言をあげることができて、あまりにも運がよすぎるようだ」

瑞穂も黙ってうなずいた。

「わたしの知るかぎり、この直方藩も世継ぎが生れないので、廃藩のうわさが流れている。もしも藩がなくなれば、この道場も立ちゆかなくなるかも知れぬ。そうなった時のことを考えると、先々のことも考えねばならぬ」

「先生と一緒ならば、きっとどんな困難も乗り越えていけると思います」

瑞穂はきっぱりとした口調で言った。

「そなたは敵討ちの願望を宿している。それをあきらめることは容易ではあるまい」

「……」

「その気持ちを知りながら、そなたを妻に迎えた責任の重さは感じている」

関四郎は天井を見つめながら言った。

敵討ちは、心を鬼にしなければ、とうてい果せることではない。家庭という恩愛に縛られてはだめになる。いつも死と向きあうような覚悟がなければならない。そういう所に自分の身を置かなければならないのだ。

それをわかっていながら、瑞穂を妻に迎えた複雑な気持ちが関四郎の脳裏をかけめぐった。

「あなたの妻となると覚悟を決めたのです。そのことに迷いはありません」

瑞穂の声がすこしふるえた。

関四郎は胸が熱くなった。

…あまり先のことを考えないことだ。その時が来れば、その時の心の動くままに進めていけばよいではないか…

「こちらにおいで」

関四郎は真っ白な寝衣に着換えた瑞穂に両手を差出した。

瑞穂の身体は反射的に関四郎にすり寄っていた。

瑞穂の躰は極めて自然な動作で関四郎の腕の中にあった。

関四郎はいたわるように瑞穂の帯をとくと胸に顔をうずめた。瑞穂は一瞬たぢろくような動きを見せたが、やさしく受けとめて関四郎の頭をなでた。関四郎の腕の中で瑞穂の羞恥心は次第に除かれていった。

小柄で細《ほ》っそりした瑞穂の身体全体の羞恥心が除かれていくのを関四郎はいとおしい気持ちで感じていた。

手に触れる瑞穂のやわ肌が、武術で鍛えた弾力をともなってそり返るたびに関四郎の心にいとおしさが増していた。

夫婦の営みが終っても瑞穂は抱かれたまま、まだふるえが止まらず、関四郎の寝衣に顔を押しつけていた。

そして声をころして忍び泣いた。

あれほどまでに父の敵討ちを心に念じた自分が、今、このような快楽の中にいることに罪悪感を抱きながら……。


直方藩主長清公の病状は次第に重くなり、享保五（一七二〇）年の新年は領内で回復を願う藩とは江戸屋敷を行きかう飛脚も多くなっていた。二月に入ると病状の回復が見込めないことがほぼ明らかとなった。

長清公の嫡子は本藩主継高公として藩政を執りながらも、支藩の存立について色々と対策をめぐらせていた。

しかし、黒田家に他藩からの養子縁組みに反対する上級の藩士も多く、焦燥と諦観の中で廃藩もやむなしという方向にかたむきつつあった。

同年二月二十三日、長清公は江戸麻布藩邸において薨去した。

長清公に継高公の外に嗣子もいなかったから、直方藩五万石の遺領はすべて福岡本藩に還付されて、直方藩は廃藩となった。

かえりみれば元和九（一六二三）、初代の高政公から二代之勝公、三代長寛公、そして四代長清公によって続いた直方藩の藩政は、享保五年までの、およそ百年にわたる治政の終止符を打つことになった。

遺領は本藩の福岡藩がその後の処理にあたった。

廃藩後の処理は福岡藩主継高の指図のもとに行なわれた。

直方藩の家老伊丹九郎右衛門がその処理に当った。

まず、直方惣取締りとして直方藩の家老であった伊丹九郎右衛門と福岡藩より田代半七を番頭格としてつかわして居住させた。

さらに福岡藩より岡部源太夫を遣わして、直方藩士であった岸原権右衛門とともに日附とした。

直方は旧城館はそのまま残すものの、宿場的な存在となるため、木村三郎左衛門を宿代官として町の支配を命じた。

直方藩家老であった高浜十兵衛、永嶋平助、櫛橋又之進ならびに中老の尾江四郎右衛門は福岡藩の大組に命ぜられた。

その他の知行取りの諸士は、馬廻役に命ぜられ、切扶持ならびに合力米の者で三人扶持十四石以上の者は無足組に、三人扶持十三石以下は城代組に編入が仰せ付けられた。

直方の下級藩士の中で、そのまま直方に居住したいと希望する者は、先々そのまま召置かれる事とした。

継高公は父長清の遺言もあったものか、直方藩士への心くばりもしている。

万端にわたり福岡藩の諸士と同然と心得ること、しかも下々の者に至るまで、右同断であると仰せつけている。

直方藩主の御城館は馬廻り組と無足組の間の者四人で、昼夜惣詰めをさせることとした。

また御館廻り、その他の番所には警備のための番人を配し置くこととした。

諸役人たちは、役儀の引渡しが済むまでは、遠慮なく前の役人に役を勤めさせた。

藩内の寺社である、要心寺、双林院、多賀神社は以前と変ることなく寄進が行なわれた。

このように廃藩後も多くの処理がなされなければならなかった。

直方藩士の引越しが残らず済んだのは享保十四（一七二九）であったから、長清公の死去から九年の歳月を経たのである。

廃藩には人々の大移動という大きな痛みをともなうことを、この史実は物語っている。

筑前街道の松並木が青葉をそよがせる六月、瀬尾関四郎は、石州浪人栗山幾之助をともない秋月に向けて旅をしていた。筑前の直方から飯塚に伸びる街道は遠賀川畔沿いの道が整備されている。

街道には荷車に家財道具を山積みした武士とその家族が、行列をなしている。

福岡までの道のりは、数日を要する距離である。すべての人が宿屋に泊れるわけではない。

宗派を頼って寺社に寝泊りしながら、路銀を倹約しなければならぬ家族もいる。

「いやはや、廃藩となれば、屋移りも大変なことでござるな」

栗山幾之助は腕組みし、うっそうとした道ぞいの一里塚で憩いながらつぶやいた。

「やむ得ぬが、それでも本藩で召しかかえてもらえるだけでも有難いことだ」

関四郎の兄喜三郎は先月、家族をともない直方を発って、福岡に旅立った。

まだ兄から借りた金は、半分も返済できていないのだ。そこで家財の片付けなどを関四郎、瑞穂の夫婦も道場を休んで手伝った。

不要となったものは古物商に売るのだが、廃藩となれば、引越す人も多い。そのため古道具類の買い値も下落している。

関四郎は折角数年前に直方に道場を構えたばかりである。福岡に新しい道場を開くというわけにもいかない。当然に居残ることにした。

だが友となった栗山幾之助が直方に居続けるかどうかは、本人次第である。

隣藩に支藩の秋月五万石が所在する。関四郎の所で剣の修業した郡山誠之助がいる。普請奉行の輩下で五十石取りである。気心も知れており、共に剣の修業に励んだ。何よりも二人の気質が合った。

手紙を出したところ、秋月藩に仕官の口がありそうなので、いちど幾之助に会ってみたいということで、関四郎は幾之助を帯同していた。

「ようこそ、この秋月までまいられましたな。それがし藩普請組の郡山誠之助でござる」

剣の修業に励んだというだけあって、眼が大きく中肉中背であるが、肩幅が広く四角い顔立ちに特徴があった。

関四郎は武者修行中に福岡藩の町道場で初めて知り合い気心も通じていた。

「いまでも剣の修業はされておるのか」

「いや、もはや四十を過ぎ、普請組のお役目で手いっぱい。剣の修業はとうにあきらめた」

「それは惜しいことをしたな。誠之助どのはなかなかに剣筋が良かったのにな」

関四郎は、幾度か道場で誠之助と立ち合ったことを想い出していた。

「ところで稽古館の助教の話だが、まちがいないのか」

「まちがいない、藩校稽古館の道場主、鉢本錬蔵先生から直接聞いた話だ。まずは直接、お会いしてみてはどうだ」

誠之助はあいにく用事があり、稽古館に帯同することができなかった。二人は道場を訪ねた。

「藩校稽古館の剣術助教の人材を求めていると伺い、本日、普請組の郡山誠之助どののご紹介を受け、参上いたした次第でござる」

栗山幾之助はいささか緊張したおももちで挨拶をした。

「拙者は旧直方藩領にて剣術の小さな道場を開いております瀬尾関四郎と申すもの。

栗山どのを帯同して伺いました。よろしくお願い申す」

関四郎も丁寧にあいさつし、頭を下げた。

「…いやいや、遠路、わざわざお越しくださって恐縮でござる。それがし稽古館の剣術、師範代の中尾辰之助でござる」

言葉は丁寧であるが、少し見下した態度がうかがえる。

中尾辰之助は関四郎と幾之助を道場に案内した。道場は人気がなく静寂であった。堅牢な棟梁、黒光りする床板が道場の雰囲気を格調あるものにしていた。

五十坪ほどの道場に夕陽がさし込んでいた。

「本日、あいにく先生は甘木まで外出しており申す。明日、帰藩の予定でござる。いかがですかな、手前でよろしければ、まず一手ご指南願えませんか」

上背のある三十過ぎの整った顔つきの辰之助は挑戦的な眼つきで言った。

師範代の自分に敗れるような力量なら先生に会わせる必要もないという顔つきになっていた。

関四郎はちらと幾之助の顔を見た。

「当方、異存はござらん」

幾之助は軽く頷きながら言った。

「それがしと立会ってくださるのですな」

「貴殿がたって立合いをおのぞみなら、お相手いたそう」

と言って幾之助は不服な様子も見せないで立ち上った。

辰之助もにやり笑いを浮べて立ち上ると
「当道場では、防具は着けず、袋竹刀で立合いとなりますが、それでよろしいかな」

「結構でござる」

幾之助は壁に掛けてあった袋竹刀を取り上げると、手元を絞って上段から数回、素振りをくれた。竹刀の中に心棒が入れてあるのか、かなりの重さを感じながら道場の中央に進んだ。

「瀬尾どの、相方の審判をしてくだされ」

辰之助は笑い顔から真剣な顔つきになって言った。

関四郎は師範代席の前に立った。

すでに対戦する二人は二間の間合いを取っていた。

道場にさし込んでいた夕陽が長く尾を引いて黒光りする床板を照らしている。

「やあーー」

辰之助のはげしい気合いにも幾之助は動ずる気配もなく、長身の姿は青眼に構えた。

そしてわずかに忍び足を右に移動した。

辰之助は自ら立ち合いを望んだだけあって、隙もなく動きが軽快だった。腰構えも低い。

ちょうど半円を描いた位置まで入れかわり対峙した時、辰之助は幾之助の竹刀を捲き込むようにして、素早く正面から打ち込んできた。さそいを入れる竹刀さばきを見せた。

その瞬間を待っていたかのように幾之助はわずかに体をかわしてすり抜けると素早く辰之助の右肩を打っていた。

ビシーッと鈍い音がした。

「いや、参りました」

打ち込みを受けた肩に手をやり、がくりと床に膝をつくと辰之助は敗けを認めた。

「いや、中尾どのの腕前もなかなかのものでござった」

幾之助も辰之助の剣技をほめた。

「明日、鉢本先生が道場にもどって来られます。もう一度、道場にお越し願えませんか、先生には、今日のそれがしとの試合のことも申し上げておきます」

辰之助は稽古館道場の歴史や先人たちについて説明した。

いつしか夕陽は落ちて道場内は薄暗くなっていた。窓越しに見える庭の樹々がさらに闇をふくらませているように見えた。

「まずは中尾師範代に勝って、よかったではござらんか、なかなかの見ごたえのある試合でござった」

関四郎は幾之助へのねぎらいの気持ちを込めて言った。

「そなたの道場で修業したことが役に立った。それに運がよかったのだ」

珍しく幾之助は謙遜《けんそん》した。

いずれにせよ、勝負に勝っての甘木での泊りである。気持ちにくつろいだものがあった。

その夜は、秋月藩城下にある旅籠に泊った。渓流を流れる川のせせらぎの響きが聞こえる静かな宿であった。

旧直方藩に比べると城下の規模はこじんまりとして、地域の人々から山あいの小京都とよばれている。しっとりとした風情がある。武家屋敷と城を中心に南側に桝目に仕切られて悠然とした藩士の屋敷がある。

「栗山どの、このように静かなたたずまいの城下で生涯暮すのは、貴殿の性分に合わぬのではないか」

つい関四郎は思ったことを口にした。

「わしも、直方のにぎわいが気質に合っているなという思いだ。しかし仕官するとなれば贅沢も言えんからな…」

複雑な気持をこめて幾之助は返答した。

稽古館の剣術の助教といっても、十石ももらえれば上出来だ。だが独り身の栗山幾之助にとって安定した暮しは捨て難い。

何よりも剣術指南の鉢本錬蔵先生の眼鏡にかなわなければ仕官はできないのだ。

翌日に備えて旅籠での深酒は止めた。

翌朝、関四郎と幾之助は手みやげを持参して稽古館を訪れた。

さいわいに鉢本錬蔵先生は、昨晩おそく道場に戻っていた。すでに五十代は半ばを過ぎて武骨さが顔に表われた鉢本錬蔵は、肩幅も屈強で広く、武術の修練ぶりがうかがえる風貌をしていた。

「よくぞ、遠路、秋月までまいられました。山深い城下でござれば、古処の山越えの旅も難義されたことでござろう」

鉢本錬蔵はしきりにねぎらいの言葉をかさねた。

門人が茶と菓子を出してもてなした。

「まず、申し上げたきことがござる。実は当藩ですでに勘定方で召しかかえておる岸辺弥十郎なる者がおりましてな、腕もなかなかとみえて、さる方から助教として推挙されていましてな。栗山どのと立合わせて見たうえで決めたいと考えております。いかがでござるか、一度、立合ってはくれぬか」

錬蔵は幾之助の顔をのぞき込むようにして試合を望んだ。

すでに家中に人材がいるなら、無理をして新たに仕官させる必要もない。そんな思惑が働くのも支藩の財力を考えれば当然なこととも言えた。

「たっておのぞみとあらば、立合い承知いたしました」

幾之助はためらいも見せず即答した。

「おお、そうか。すぐに呼びよせるので、道場にてしばらくお待ちあれ」

錬蔵は勘定方の上役あての書面をしたためると門人に持たせて城に走らせた。

稽古館から城までは、さほど遠くはない。

だが一刻ほどたっても対戦の相手は現われなかった。その間に道場主の鉢本錬蔵から、湯茶と簡単な茶漬がふるまわれた。

栗山幾之助の剣の腕前は、昨日試合をした師範代の中尾辰之助から詳しく聞いていたに違いない。

こうしたふるまいは客人としてのもてなしが感じられた。

果して岸辺弥十郎はいかほどの遣い手であろうか。幾之助の剣技も炮烙試合をした当初に較べれば、相当に技もさえている。そうむざと敗れることはあるまいと関四郎は思っていた。しかし初めて相手の流儀も技量もわからぬままである。幾之助はかなり緊張した面持ちで、髭づらに似つかわしくない青白い顔をしていた。

午刻になって、急に道場のまわりが騒しくなった。城中では、剣術の助教の技量をめぐる見ものの立合いがあることが伝わったらしい。門弟たちが道場に駆けつけたのである。

大きな声をたてる者はいないが、道場の下座にかしこまってひそひそ会話をかわしては、関四郎と幾之助を窺い見ている。

その間、門弟の一人にうながされて幾之助は別室に案内された。稽古襦袢にたすきをかけ、股立ちを取って道場に戻り、安座して待ち構えた。

ほどなくして鉢本錬蔵が一人の屈強な顔つきの武士を伴い道場に現われた。

門弟たちはいっせいに目礼をして両手をついた。

「本日、お立合いの御仁を紹介いたそう。当藩勘定組の岸辺弥十郎どのでござる。一刀流を遣うと聞いておってな、栗山どのとの立合いが、当藩でも初めてでござる。

それがしも立合いを楽しみにいたしておるところじゃ」

紹介を受けた岸辺弥十郎も、すでに稽古着にたすきをかけて股立ちを取っている。

鋭い視線を幾之助に投げかけた。

「岸辺弥十郎でござる」

押し殺したような低い声で名乗ると、悠然としたふるまいで幾之助を誘うように道場の中央にむかった。

岸辺には緊張したような動きはない。

落ち着いた態度は修練の深さがうかがえる。

職務中にいきなり呼び出されて立合いを求められれば誰しも当惑したり、驚きの表情で場に臨むのだが、弥十郎は至極、落着いた態度であった。

「それがし栗山幾之助と申す」

二人が名乗り終えると、鉢本が師範席に腰を下した。

素早く門弟が二人に袋竹刀を手渡して引き下った。

関四郎は鉢本錬蔵に招かれて師範席に陪席した。町道場主であっても関四郎に敬意を払ったのである。

日頃、豪放な幾之助も道場内の雰囲気を感じて動きに硬さが見られた。だが落着きを失っているようには見えない。

栗山幾之助と岸辺弥十郎は道場中央から鉢本錬蔵のいる師範席に一礼して互いに間合いを取り一礼した。

「勝負は一本とする。双方に異存がなければ、尋常に立合われよ」

鉢本錬蔵の押し殺したような声が道場内に響いた。

二人は袴のすそずれをさせながら素早く左右に下がると、まず十分な間合いを取った。

――幾之助は緊張しておるな。

関四郎は髭づらの幾之助の足の運びが日頃の素早さがなく、青眼に構えた竹刀の先がやや上り気味のように見えた。

一方の弥十郎はあいかわらず悠然とした動きである、いきなり立合いに応じたという緊張感がないのが不思議に思えた。むしろこの様な機会が訪れたことに快感を味わっているかのように態度に余裕があった。

双方はすぐに打ち込まず、互いに十分な間合いを保っている。一撃で打ち込むには、まだ戦いの機が熟していないかに見えた。

長身の幾之助は竹刀の先を少し上げて隙をつくるような所作をしたが、弥十郎はその構えに応じることはなく、青眼の構えをくずさずにいた。

双方は右まわりで一歩一歩足を運んで丁度入れかわる位置になった。

弥十郎の足運びを見ても、技量の非凡さが関四郎には推察された。

弥十郎は、思い切ったようにつつと間合いをつめた。

——押されると危うい…。

関四郎は弥十郎の動きの敏捷さに、幾之助がうまく対応できるか不安がよぎった。

間合いを詰める弥十郎の竹刀の先は微妙に変化する。それを幾之助はどう対応するのだろうかと、かたずをのんでいた。

間合いで押され気味であった幾之助は、体制を入れかえようと竹刀の先をからめるように捲き上げて踏み込んだ。

弥十郎はその動きを事前に察知したかのように、同時に一歩踏み込みながら幾之助の竹刀を受け流して体勢を入れかえた。

幾之助は右に体をひらくと、伸びてきた竹刀を跳ね上げた。さらにその技から一歩踏み込みながら鋭く胴に打ち込んだ。しかし、弥十郎はかちりと幾之助の竹刀を受け止めると、そのまま竹刀をかえして幾之助の肩を打った。と同時に幾之助は弥十郎の右胴を抜いていた。

「勝負は、そこまで…」

師範席から鉢本錬蔵が右手で扇子を上げると大声で言った。

二人は蹲居して一礼すると袋竹刀を納めた。

期せずして道場内の門弟たちから拍手がわき起った。

藩士である弥十郎の健闘ぶりに興奮したのである。

この時点で必然的に栗山幾之助の剣術助教への推挙はなくなった。

その日の夕刻、関四郎と幾之助は秋月城下を発った。

関四郎と幾之助は鉢本錬蔵のねぎらいの言葉を聞いて、助教採用は藩士の士気を上げることが主たる目的であったことも明らかとなった。

「そなたに世話をかけた仕官の道も途絶えたが、別にくやんではおらぬ」

幾之助は直方に帰る道中、さばさばした様子で明るく振舞った。

「それにしてもだ、藩の勘定組にあれほどの遣い手がいたとは驚きだな」

関四郎は素直な気持ちで幾之助に言った。

「わしもそう思った。一刀流と言っていたが、なかなか素早い技であった。秋月にも優れた人材を抱えておるわい」

幾之助は苦笑しながら、岸辺の腕前を褒めた。いきなりの立ち合いにもまったく動ぜず、あの錆びたような野太い声、鋭い眼光、鼻と首すじの黒子が特徴の削げた顔つきを思い浮かべていた。


「秋月まで出向いたが、残念ながら栗山どのの稽古館助教としての仕官は推挙に至らなかったのだ。留守中、心配をかけたな」

居間にくつろいだ関四郎は、瑞穂が注いでくれた茶を飲みながら、秋月での一部始終を話していた。

「栗山さまは、仕官できずさぞ力を落されているのではありませぬか」

「いや、それほど落胆してはおらん。いたってさばさばしておった」

心くばりする瑞穂だったが、一方では立合いに興味を示した。剣の修業をする瑞穂にとって、自分の仕官にかかわるような試合の結末は知っておきたいことだった。

「立ち合ったのが、五十年配の勘定方の岸辺という藩士だったが、なかなかの遣い手であった。顔は一度見れば忘れられぬ鋭い眼つき、鼻と首すじに黒子があったな。削げた顔つきじゃったわ」

「えっ、鼻と首すじに黒子？」

吃驚した顔つきで、瑞穂は関四郎を凝視した。今まで瑞穂がそのように驚いた顔つきをしたことがない。

「そうだ、鼻の右側とあご下の首すじに黒子があった、それがどうしたのだ？」

「もしかすると、私が探しもとめている敵持ちかと」

「なに、敵持ちだと？」

「もしや父の敵とする柿坂兵之助ではないかと…」

急に真剣な顔つきになった瑞穂は、暫く沈黙していたが、意を決したように話し始めた。

「父は越後鯖江藩五万石、勘定方組頭の補佐役にありました。勘定組藩士の使い込みを探索中、次第に明らかになった柿坂兵之助に使い込みを問いただしていて、討たれてしまいました。柿坂はすぐさま、脱藩して行方知れずになりました。母と私は、柿坂を追って敵討ちの旅の途中で、この直方にたどり着きました。

風のたよりで、柿坂らしき人物が九州まで流れついているという噂がございました。もしかすると栗山さまが立合った岸辺弥十郎は柿坂兵之助の偽名なのかもわかりませぬ」

「そなたは柿坂とは面識があったのか」

「いいえ、存じません。顔の鼻と首すじに目立つ黒子があることを聞き知っているだけです」

「顔や首すじに黒子のあるのは、そう珍しいことではない。その外に柿坂を特定できることはないのか？」

「柿坂は藩内でも五指に入る剣の遣い手だったと聞いています。しかも勘定組でも能吏だったようです」

「秋月藩でも勘定組だそうだ。もしもだ、あの岸辺弥十郎が柿坂兵之助だとしたら、いまのそなたの技量では、到底敵討ちは難しいぞ」

関四郎は厳しい顔つきになって、瑞穂を見つめた。軽はずみに敵討ちはできぬと釘をさして言いふくめるような眼つきとなった。

あらためて瑞穂が真剣になって剣の修業をしている訳が理解できた。だが、これから危難が待ち受けている。二人水入らずで新婚の暮しを考えていた関四郎にとって重大な難題をかかえ込んでいることを知った。

まずは、真相を確かめることが一番だと確信した。

炮烙道場の師範代となった栗山幾之助をいつまでも無給に近い状態で放置することは関四郎にとって心苦しいところがある。

快活にふるまっているが、生活の安定がなければ、幾之助も落着いた修業もできまい。

直方藩が廃藩となって以来、旧藩内から福岡へ流出する人々も多くなり、護岸工事の日雇い業務も次第に減ってきている。

吉郷の長屋に住み込んだ栗山幾之助は、いつの間にか気質の良い煮豆屋のお清と好い仲になっているらしい。時おり煮豆だけでなく、おきよが家で作った手料理を胸にかき抱いて長屋に届けているという。

らしいと言うのも、長屋の大家の吉左衛門が久しぶりに道場に立ち寄って話してくれたからだ。

関四郎も長らく世話になった長屋から道場に引越してすでに半年になる。

炮烙道場の昔の門弟で、秋月藩士の郡山誠之助が、稽古館道場の剣術助教の噂話を持ち込んで来てから数ヶ月が経っていた。

藩士として勘定組に勤めている岸辺弥十郎の身辺について他人を介して訊ねることは、事が事だけに余計にはばかられた。もしも敵持ちにこちらの動きをさとられたら、またいずこかに逃げ去ることは容易に考えられることである。

関四郎は道場の師範代を栗山幾之助に頼むと、もう一度、単身で秋月領を訪うことにした。

何としても岸辺弥十郎が柿坂兵之助の偽名であることをつきとめねば道は開けない。

伝え聞くところによれば、勘定組に勤めながら週のうち数日は稽古館の助教として指導しているということだった。

柿坂兵之助であることが明らかになったとしても、今の瑞穂の技量では、到底討ち果たせる相手ではない。

これまで敵討ちの話は数限りなく聞いたことがある。身近な者としてそれにかかわることなど予想もしなかった関四郎であった。

道場を発つと降りはじめた雨粒が額に当った。道場内にいるときは聞こえなかった篠《しの》を打つような雨音がしてきた。

関四郎は道場に立ち戻ると門弟から傘を受け取った。

ほの暗い直方城下町は廃藩となって以来、めっきり人通りも少なくなり、急にさびれつつあり、うら哀しい雰囲気がただよいはじめていた。

町の表通りに出ると、まばらに人が行き来していた。関四郎は船着き場に来ると渡し守に蓑《みの》を借りた。秋月までの道中の雨がなかなか止みそうにない気配だった。

飯塚の宿に着いたころには、雨はやんでいた。まだ夕暮れまで一刻はあると思われたが、秋月までの山越えには無理と判断してこの宿場に泊ることにした。

河畔のそばには、色とりどりののぼり旗が立ち並んで、芝居小屋が二軒建ち、人通りも多く活気に満ちていた。

翌朝、さいわいに雨はやんでいた。

古処山麓のつづら折れの道は雨あがりでまだ湿っていた。

昼を過ぎて、ようやくだんご庵までたどり着いた。清流の音を聞きながら茶店で休息を取った。秋月城下まで一度旅をするとおおよその道のりがわかってくる。

暮れ六つ前に城下にある旅籠にたどり着くことができた。

秋月藩士で信頼のおける人物は普請組の郡山誠之助だ。だからと言って誠之助に安易に相談を持ちかけて、それが岸辺にさとられたら危険だ。

あくまでも別の手だてを考える必要がある。

勘定組ならば、藩内の商人とのつきあいが頻繁にあるかも知れぬ。味噌や醤油問屋、藩の名産、葛の商いをする店舗などで、岸辺の噂を聞きまわったが、とくに噂となるような風聞はなかった。小京都と称される城下である。めだつような話はすぐに人々の口の端にのぼるはずだが、何ひとつ岸辺弥十郎の噂は聞き知ることができなかった。

聞き込みは数日といってもわずかに二日間だったたが、城下での聞き込みは成果が上がらず、直方に立ち戻るしか方法がなかった。


「たのもう」

玄関先で訪う声がした。

瑞穂は奥の居間で裁縫をしていた。

急いで道場の玄関に出た。

「炮烙道場と聞いて尋ねてまいったのだが、道場主はご在宅でござるか」

「あいにく留守にいたしておりますので、ご用とあらば他日、お越し願えませぬか」

「それは残念至極だ。遠路、秋月から炮烙試合に挑みたいと参上いたしたのだが…」

鋭い眼つきで瑞穂を見つめた。

炮烙試合は門弟に許されていない。いわば賭け試合のようなもの、易々と戦って敗れれば道場の信用はまるつぶれになる。

あえて関四郎の事前の許しがあれば、栗山幾之助が代師範として手合せできる技量だ。あいにく幾之助も外出して不在であった。

「拙者は秋月藩稽古館の剣術助教の岸辺弥十郎と申す。栗山どのとは手合せをいたしたのだが、一緒に秋月まで来られた瀬尾どのとは手合せせず仕舞であった。炮烙試合を味わってみたいと思って参上したのだ」

瑞穂は武士が岸辺弥十郎と名乗った時、一瞬凍り付いたように体が硬くなり眼を見張った。

「それがしの名を聞いて驚かれたと見えるが、正真正銘の岸辺弥十郎だ」

この男が父の敵とされる柿坂兵之助と思うと怒りと憎しみがわき上った。瑞穂は心中、このまま帰すわけにはいかぬ、確たる証拠をつかみたいという気持になっていた。

「たってお望みならば、炮烙試合はいたしかねますが、竹刀によるお手合せなら、わたくしがお相手いたしますが…」

「おお、そうか、道場の主が不在ならいたしかたない。別に炮烙試合でなくとも門人の方と一手、手合せ願えれば、後日、伺うこともやぶさかではござらん」

岸辺弥十郎は急にやわらかい口調になった。

道場主のいない間に門人をいたぶる快楽を得ようとする眼つきになっていた。

瑞穂は岸辺弥十郎の顔を食い入るように見つめた。大豆粒大の黒子が鼻の横にある。あれほど諸国を放浪しても捜し当てることができなかった父の仇である。押えがたい衝動が瑞穂の心にわき上った。

暫くお待ちくださいと言うと、道場に座っている岸辺弥十郎を振りかえって見た。えり元から出た右首すじにもやはり黒子が確認できた。

——父の敵が眼前にいる。

平常心を失った瑞穂は、動揺する心を落着けようと呼吸を整えながら、居間で身支度をととのえた。

道場に戻ると岸辺弥十郎は炮烙試合の掟を定めた木板を持ち上げて見ていた。

「瀬尾どのは炮烙試合というまことにおもしろいことを考えついたものでござるな」

「……」

「ま、それは次回の楽しみとして、そなたとの立合いができるとは有難い。しかし女人と言って手加減はいたさぬゆえ、さよう心得よ」

岸辺は口辺に笑いを浮かべると道場の中央に立った。

夕暮れまでまだ一刻はある。道場内は明るく静寂に満ちていた。

「では、お手並み拝見とまいろうか」

壁にかけた袋竹刀の中から比較的、重いものを選ぶかのように何本かの竹刀に素振りを試みていた岸辺弥十郎は、気に入った竹刀を捜しあてると、軽くうなずきながら風を切るような鋭い素振りを二、三度くりかえした。

「では、まいろうか」

低い声で誘うように言うと、瑞穂を道場に誘った。

真剣ではないが、打撃が鋭ければ、大怪我をしかねない。

瑞穂は関四郎の許しも得ないで立合うことにおそれと不安がよぎった。

しかし、みすみす宿敵を前にして一矢も酬いずに尻ごみして帰すことは断じてできないことだった。

一撃でも酬いることができればという淡い期待があった。さらには岸辺が武士としてのどれほどの矜持を持っているかを自身の技で探りたいという算段もあった。

瑞穂は二間の間合いから青眼を保持しつつ、ゆっくりと足を右に移動させた。

瑞穂の心中には岸辺がどんな技を仕掛けてくるかわからぬという一抹の不安があった。

岸辺はそれを承知したかのように無造作な足運びで左に廻り込むと、だらりと下段に構えた。

それは大きな誘いをともなった作られた隙だった。

瑞穂は岸辺の下段の竹刀を敲き落として二段打ちで面を打とうと、とっさに踏み込んだ。

その踏み込みを待っていたかのように岸辺は、素早く竹刀を振り上げざま、一足踏み込んで瑞穂の右肩に一撃をふり下した。

それを避ける間もなく、二撃目が鈍い音をたてて打ち込まれた。さらに岸辺は遠慮会釈もなく、返す竹刀で左肩を撃ち砕いた。

「まだ、まだ…。勝負はついておらぬ」

と言いながら、竹刀を納めずよろめいて立ち上った瑞穂の喉に突きを入れた。

「ぎゃー」という悲鳴をあげて、瑞穂ははめ板まで突き飛ばされて悶絶した。

その時、門弟数人が道場に走り込んで来た。

二人の立合いを廊下で見ていたのだ。

岸辺は竹刀を道場の床に投げ捨てると門弟たちに言い放った。

「拙者は秋月藩士、岸辺弥十郎と申す。いずれまた炮烙試合に伺う所存でござる。道場主によしなに伝えられたい」

岸辺弥十郎は溜飲が下ったのか、片頬に笑いを残して立ち去った。

「なぜ、無謀にも戦いを挑んだのだ」

関四郎は歯がゆい思いで床に伏している痛々しい妻、瑞穂の姿を見つめた。門弟たちが急いで呼びよせた町医者玄庵先生が道場に駆けつけて瑞穂の治療にあたってくれていた。

両肩の骨はくだけていた。突きを入れられた喉は破れて、大きく腫れて声帯がついえていた。もしかすると声が出なくなるかも知れないという見立てだった。

激痛をやわらげる膏薬を貼ったが、瑞穂は顔をゆがめて必死に痛みに耐えている。関四郎は門弟から立合った相手が岸辺弥十郎という秋月藩の武士であることを聞いて、愕然となった。

まったく予想もしない岸辺の動きだった。二日秋月で過したその間、見事に虚を突かれて単身で乗り込んで来たのだ。

瑞穂が仇として探し求めて来た岸辺こと柿坂兵之助が大胆不敵にも自ら挑戦してきたのだ。かなわぬかも知れぬが、父の仇に一矢でも酬いたいという瑞穂の心情も痛いほど理解できた。

新しく世帯を持ち、これからの幸せが約束されていた。

玄庵先生の話では、もう二度と剣の修業を続けることは難しいだろうとの見立てだった。関四郎は道場にいなかったことを心底から悔いた。

急を聞いて駆けつけた栗山幾之助が髭づらの顔をゆがめて憤慨して言った。

「女人にこれほど痛手を与えるとは、まことに不届きな奴め、とうてい許されぬことじゃ、手加減を知らん奴じゃ」

「岸辺弥十郎がおぬしと立ち合った時から、ひと癖もある人物と思ったが、わしの道場に出向いて来るとは思いもよらなかった」

関四郎は稽古館で幾之助が立合った岸辺の悠然とした態度、竹刀さばき、足運びを思い出していた。

「また、岸辺は炮烙試合に挑んで来ると、捨てせりふを吐いたそうではないか」

痛みに耐えて苦悶している瑞穂を見て、幾之助の顔が怒りで赤くなっている。

「わしがおれば、このようなことにはならなかった。まことに残念でならぬ」

幾之助はこぶしをかたく握りしめて必死にこみ上げる怒りを押えた。

関四郎は瑞穂を妻として迎えるにあたり、自分なりに考えたことがあった。

その第一は瑞穂に敵討ちを諦めさせるということだった。

敵討ちが成就しても鯖江藩に戻り、家を再興することに結びつかない。関四郎が入り婿として家禄を継ぐ意思がなかったことだ。

片平家の親族としては、敵討ちの美挙を期待するであろうが、すでに父母は没している。

命を賭してまで敵討ちする必要はないと強く思っていた。

しかし、いざ瑞穂が完膚なきまで痛めつけられると、このまま泣き寝入りすることは断じてできぬという想いが胸をつきあげていた。

…瑞穂、きっと仇はわしがとってやる。

関四郎は心の中で叫んでいた。

日にちが経つにつれて、喉の腫れが次第におさまっていったが、瑞穂はいまだ食事も喉を通らず声も出せなかった。

道場では岸辺弥十郎が再び訪れるのを待ったが、翌日も、三日後も、さらにひと月と日を重ねたが二度と現われなかった。

道場破りをされたといって騒ぎたてることではなかった。炮烙試合で道場主が敗れたわけでもない。いまは油断をせず、岸辺の出方を見ることにした。

十日を過ぎると、喉の痛みがやわらぎ粥《かゆ》が少しづつ喉を通るようになり、かすれ声が出せるようになった。

しかし、両肩の打撲骨折は瑞穂の体力をなかなか回復させないでいた。普通の打突くらいなら竹刀で骨折などあり得ないのだが、岸辺は鍛錬の為に竹刀に鉄芯を入れたものを使用していたのだ。

すると、岸辺は最初から痛めつける目的で立ち合いをのぞんだということになる。非情な心を持った武士《さむらい》であった。

唯《ただ》回復を待つために寝たきりの瑞穂だった。家事は関四郎が独り身で長屋にいた時のようにまめに行った。豪農の次男坊甚助が鶏卵を見舞いに持参したり他の門弟たちからの見舞いもあったが、日頃、剣術をたしなんでいた瑞穂の体は医者玄庵の見立てに反して少しづつ回復していた。

旅支度をした瀬尾関四郎が道場を出ると、寒々とした月の光が足元を照らした。

旧直方藩の城下町も以前ほどの賑わいはないが、黒崎宿から筑前に抜ける街道筋が城下に抜けるような繁栄策を講じたことから、街道を通る人数も増え、旅籠も次第に軒をつらねるようになっていた。

月の光は軒先にくらい影をつくり、街道筋をぼんやりと浮かびあがらせている。

数日前、関四郎は秋月藩普請組の郡山誠之助から書状を受取っていた。

関四郎が手紙で依頼した岸辺弥十郎についての動向であった。

岸辺は稽古館の剣術助教の御役を得たことにより、勘定組でも一目置かれるようになっている。そのことで御用商人との間で、闇の契約を独断で行うなど傲慢さ、非礼さがうわさされている。昨年、妻女と息子がはやり病で急逝し、以来自暴自棄となりその後の生活が乱れている。何か藩内において問題を起こしかねない不穏な空気がある。などと詳細な状況がしたためてあった。

岸辺にとって住み心地の悪くなった山里深い小藩に少禄のままくすぶることは考え難い。

もはや秋月藩に未練はなく、いつ、いずこかに旅立つかも知れない。岸辺が秋月を発てば、敵討ちをめざす関四郎は道場を閉じて全国行脚するしか手段は残されていない。

関四郎は願望を秘めている瑞穂の心中を察した。

仇をこのまま放置すれば、以後、父の仇を討てなかったという後悔の念は生涯にわたって失われることはあるまい。

愛する瑞穂のため、是が非でも討ち取らねばならぬ。

関四郎は秋月城下にひとり宿を取った。音信を出していたので、宿に郡山誠之助が訪ねて来た。

「誠之助どののお陰で岸辺弥十郎の行状がよくわかった。そなたの働きに心から礼を言いたい。かたじけない」

関四郎は誠之助の眼をじっと見つめると、頭を下げ真顔になって言った。

「なんの、これしきのこと、礼を言われるほどのことではない。そなた、ついに決心をかためて、秋月に来られたのか」

「いかにも、そうだ。妻にかわって婿のそれがしが敵討ちを果たすつもりだ」

「戦いには万が一ということがある。関四郎どの、そなたは炮烙道場を開いておるが、もしもの時はどうするつもりだ」

誠之助が心配顔でたずねた。

「道場には、幸いに栗山幾之助という師範代がいる。それがしが、敗れることがあれば、後事を託せる者だ。ここに書きつけをしたためてある。もしものときは、この書状を妻の瑞穂に手渡してくれぬか。そして、そなたには立合の際の後見役になってくれぬか」

「よし、おぬしの頼み、しかと承知いたした。心おきなく敵討ちにのぞまれるとよい」

誠之助は、用意周到な関四郎の覚悟を知り、力づよく大きくうなずいた。

山あいの天気は変りやすい。うすくらい雪雲が次第に空を覆いはじめていた。

「正式の敵討認許状のない立合いを秋月城下で行うことは難しいぞ」

「さすれば、立合いの場所としていずこが考えられるのか？」

誠之助は顎に右手をそえて一点をにらんでいたが「古処山麓にある本覚寺の境内なら大丈夫だろう」

「本覚寺？」

「日蓮宗の寺だ。たしか観音菩薩の霊場でもある。そこなら人気もなく足場も悪くない。十分に立ち合える」

「だとしたら、岸辺をそこまでどう言いくるめて呼び出すかだな」

秋月城下は戦国時代、難攻不落と称された古処山城の麓の盆地に所在する。本覚寺はその山麓の登り口といった。おそらく半刻はかかるが真剣の立合い場所では最適かも知れない。

「岸辺はまだ名誉心を失ってはおらん。十分に戦う気力も持ちあわせている。瀬尾、そなたが、わざわざ直方から出向いて立ち合いを望むと言えば断らんだろう。その条件として一両の懸賞金を十両とはね上げれば、間違いなくやってくる。炮烙道場主を打ち敗れば秋月でも一段と名声が上がるからな」

誠之助はこれで説きふせるという自信を見せた顔つきだった。

「いきなり十両か？」

「なに、その金を心配しておるのか。まさか関四郎、立合いに敗けるつもりではあるまい」

「ふむ、だが、勝負は時の運とも申すではないか」

「そんな弱気では勝てぬぞ…。おぬしならご妻女に代って仇を討てる、大丈夫だ」

誠之助が関四郎の手を振ると励ますように言った。

誠之助は勘定組にも顔がきくらしい。

数日後、岸辺が非番であることを突きとめた。

栗山誠之助を通じて関四郎は岸辺弥十郎に立ち合いを申し入れた。

敵討ちのことは伏せた。

炮烙道場主として、門弟を倒した貴殿との結着をつけたい。立ち合いの場所は、秋月藩領、古処山麓にある本覚寺境内にて立合いたいと伝えた。

後見役として郡山誠之助と書きしるした。

勝負は技量だけで決まるものではない。

天の刻、地の利が大きく勝負を左右することがある。

翌日、関四郎は単身、古処山麓の本覚寺の下見をした。閑静な境内のまわりは、鬱蒼とした巨樹があり、およそ百畳ほどの広い境内を覆い隠すように見えた。戦うに十分な広さがあり足場も悪くない。剣を振っても伸びた枝にかかるなどの心配がないことが確認できた。

本覚寺の住職は不在のようであった。暫く境内を歩いたが、声をかけてくる山僧もいなかった。寒がしまって寒くなりそうな時節だった。

「勝負は戦ってみなければわからぬ」

藩校剣術の助教として腕を磨いていることは予想されることである。

真剣で立ち合えば、死力を尽すことになるだろう。

関四郎は瑞穂には岸辺との立ち合いをすることは伏せていた。

両肩を打ち砕かれて、いまだ傷のいえない体でも、敵討ちとなれば袖にすがってでもお連れくださいと懇願することはわかりきっている。

妻の心情を汲んで夫が代理人としての敵討である。

正式な敵対としては認められないだろうが、義父の仇を討ったという大義は果たせるのである。

「秋月の郡山幾之助どのに会う用件ができたので、数日、道場を留守にする。その間はすべて栗山どのにまかせたので案ずることはない」

「はい、承知いたしました。道中、くれぐれもお身体をいとわれてください」

瑞穂には疑うような素振りもなかった。


その日の朝、秋月は粉雪が舞っていた。

関四郎は郡山幾之助の案内で城下から古処山麓に向っていた。

朝が早いためか往きかう人馬はなかった。

城下から半刻ほど歩くと本覚寺の境内に着いた。

鉢巻を締め、たすきをかけ、わらじの紐を改め、大刀の目くぎにしめりを入れた。

緊張した気持が、外気の寒さを感じなくさせていた。

「奴は果してくるかな」

「必ず来るはずじゃ」

昨日、郡山誠之助が関四郎の書状をたずさえて直接、岸辺に手渡している。

「承知いたした」

と短く返答したという。

半刻後、岸辺らしき人影が山道をゆっくりと登ってくるのを認めた。落着いた足どりで歩幅に乱れはなかった。

「待たせたようだな、瀬尾どの」

睨みつけるような眼つきで口を開いた。

「約束にたがわず来られるとは、ご立派でござる。過日は、わざわざ当道場を訪ねて来られたのに不在にて失礼つかまつった」

「いや、そのかわり道場の門人と立合いができたので、よしとしていたところでござる」

「ところで、立合いの前に、岸辺どのにお訊ねしたき儀がござる」

「はて、何でござろうか？」

「岸辺どの、そなたの名は偽名でござらんか。まことの名は元鯖江藩勘定組柿坂兵之助でござろう」

岸辺はぎりとして大きく眼を見開きながら否定するかのように首を振った。

「わしは岸辺弥十郎で柿坂というような人物は知らぬわ」

大声で言い放った。しかし、それは長い逃亡生活で身についた嘘言に思えた。いぶかるような鋭い眼つきで強く唇を噛んだ。

「今さら隠すこともなかろう。そなたは、鯖江藩勘定組の片平藤左衛門を斬り脱藩したではないか」

「おぬしがなぜその様なことを存じておるのか」

「驚くな、炮烙道場の女剣士瑞穂は片平藤左衛門の娘だ。そしてわしがその婿なのだ」

「そう言われても、儂の知らぬことじゃ」

「そなたの鼻すじと、首すじの黒子が何よりの証拠だ。それでもなおしらをきるのか」

岸辺弥十郎の顔つきが急に険しい顔つきに一変した。

あくまでしらを切りとおせないとさとった顔つきになった。

「そこまで言うなら仕方ない。いかにも拙者は柿坂兵之助である」

「よくぞ名乗ってくれた。それがしの妻瑞穂は先般、道場でそなたが立ち合いをした。そして手痛くあしらわれた。瑞穂は、そなたが斬った片平藤左衛門の娘、つまりは、わしの義父の敵ということになる。妻にかわって敵討ちということだ」

「炮烙道場主との立合いだと思ってまいったが、とんだ敵討ちに出合うことになったな」

「そうでも言わねば、わざわざ、この寺まで出向いては来ぬであろう」

郡山誠之助が口をはさんだ。

図られたという思いが頭をよぎったのか、憎げな顔つきで誠之助をにらみつけると、にやりと笑った。

弥十郎こと柿坂兵之助は落着いた足どりで十分な間合を取りつつ、太刀の下げ緒を抜くと素早くたすきを結んだ。

炮烙道場という人を喰ったような名をつけた瀬尾関四郎がどれほどの腕前かと頭をめぐらしていることは、身構えと眼の動きから汲みとれた。そしてまた、ちらりと誠之助を見た。

「心配するな、それがしは後見役だ。案ずることはない。尋常に立合われよ」

その言葉が立合いの発端となった。

立合うには十分な広さを持った境内だった。

しきりに粉雪が風に舞いはじめた。

雪風に髪を逆立て、そげたような頬の柿坂はすばやく刀の鯉口を切ると、さっとぞうりを脱ぎ捨てて白足袋で地面を踏みしめながら、ゆっくりと間合をつめた。

関四郎も柿坂の動きに応じてすばやく刀の鯉口を切った。

関四郎の心ノ臓は緊張のあまりはげしく鳴っていたが、間合を取って対峙するうち、次第に自分の心に落ちつきを取り戻した。

瑞穂にかわって敵討をしなければという気負いも重圧もなかった。

三間ほどまで近づくと柿坂は舞い散る粉雪が気になるのか頭にかかった粉雪を振り

払った。粉雪は次第に綿雪が混り、まわりの景色もまるで薄化粧をしたように一変していた。

柿坂はつつっと走り寄ってさらに間合をつめて来た。あくまで下段の構えをくずさず、一間の間合で一気に上段に構えを変えたまま、大きく踏み込んで袈裟がけに斬り下げた。

関四郎はその剣を素早く跳ね上げると体をかがめながら柿坂の横を駆け抜けた。ふり返りざまに上段から剣がのびてきた。その切先がわずかに関四郎の袖を斬りさいた。

「勝負はこれからだ」

と柿坂は言った。

「もう、わしには失うものは何もない、そなたを倒せれば本望じゃ」

落着きはらった動きと、腰のすわった足運びで連続技をくり出してくる。

しかし、関四郎には柿坂の刀筋がよく見えた。

立合いは四半刻を過ぎたが、決着はつかなかった。お互いに腕や腿などに斬り傷ができて着衣は襤褸のようになっていた。

二人の白足袋はともに破れて、赤黒く血がにじんでいた。

根負けした方が敗れるに違いない。お互いにその想いで懸命によろけながらも、間合をとった。

戦いの後半になって正眼に構える太刀が重くなったのか柿坂は八双に構えると鋭くふり下した。

関四郎は容易にかわすことができず、肩口を剣先がかすめた。

これに勢いを得た柿坂は、一気に決着をつけるかのように正眼から双手突きを出した。

関四郎は低く体をまるめながら胴を払った。

重い斬った感覚がよぎった。

この存分な胴切りで、柿坂は泳ぐように二三歩あゆむと胴体が崩れるように倒れた。

関四郎はあえぎながら片膝を折った。

関四郎は息をととのえて、にじり寄ると柿坂の生死をたしかめた。

まだ虫の息であえいでいる柿坂にとどめをさした。そして心を鎮めながら刀の血を拭いゆっくりと鞘に納めた。

「瀬尾関四郎、みごとな立ち合いだったぞ」

後見役の郡山誠之助が眼をうるませ、声をつまらせながら言った。

幽玄な古処山麓の本覚寺境内は、はげしかった真剣の立合いの痕跡をかき消すかのように真っ白な雪が降りはじめた。

終

炮烙侍
ISBN978-4-434-35392-5　C0093

発行日 2025 年 4 月 4 日初版第 1 刷

著　者　周防　凛太郎
発行者　東　　　保司

発行所
燿歌書房
〒 811-1362 福岡市南区長住 4 丁目 9-1
TEL 092-511-8111 FAX 092-511-6641
E-mail:e@touka.com　http://www.touka.com

発売元：星雲社（共同出版社・流通責任出版社）

発売中の本

誰にもできる積善と陰徳のススメ

三浦　尚司　著

A5 判　110 ページ

定価 990 円（本体 900 円＋税 10%）

あなたの善い行いは、自分の運命を変える。

「積善と隠徳」…中国明の時代の大学者、袁了凡が実行した生き方。身近な生活の中ですぐにでも実行できる、具体的な善い行いを数多くご紹介。

大谷翔平選手も実践！
目標をかなえるマンダラチャートもご紹介。

お子様から大人まで、ぜひ読んでもらいたい 1 冊です。

周防凜太郎の時代小説シリーズ①

拐《かどわ》かし

博多旅人問屋を舞台に繰り広げられる人間模様。
旅人問屋と博多情緒をおりこんだ、
ローカル時代小説第一弾！

四六判　168 ページ
定価 1,100 円（本体 1,000 円＋税 10%）

福岡藩士の職を失った新米浪人新四郎は、
博多旅人問屋『桜田屋』を訪れる。
主の桜田屋伝兵衛から紹介されたのは、
商家の娘、おふくの用心棒だった。
何者かに狙われるおふく。
その狙いは何なのか…。
新四郎は旅人問屋で出会った個性豊かな
仲間とともに、事件に立ち向かう！